KB080424

초콜릿어
할 줄 알아?

봄볕청소년

초콜릿어
할 줄 알아?

초판 1쇄 발행 2019년 10월 1일
초판 4쇄 발행 2021년 5월 3일

지음 캐스 레스터 **옮김** 장혜진
펴낸곳 도서출판 봄볕 **펴낸이** 권은수 **편집** 이금정 **디자인** 이하나 **마케팅** 성진숙
등록번호 제25100-2015-000031호 **등록일** 2015년 4월 23일
주소 서울특별시 서대문구 서소문로 37 1125호 (합동, 충정로대우디오빌)
전화 02-6375-1849 **팩스** 02-6499-1849
전자우편 springsunshine@naver.com **블로그** http://blog.naver.com/springsunshine
ISBN 979-11-86979-96-9 43840

이 도서의 국립중앙도서관 출판예정도서목록(CIP)은 서지정보유통지원시스템
홈페이지(http://seoji.nl.go.kr)와 국가자료공동목록시스템(http://www.nl.go.kr/kolisnet)에서
이용하실 수 있습니다. (CIP제어번호: CIP2019035759)

♪ 책값은 뒤표지에 있습니다.
♪ 봄볕은 올마이키즈와 함께 어린이를 후원합니다.

초콜릿어
할 줄 알아?

캐스 레스터 **지음** 장혜진 **옮김**

봄별

1부 전학 온 아이

2부 나디마네 가족

3부 영원한 단짝

우정을 이어 주는 레시피

1부
전학 온 아이

1. 치마 입은 오빠들

나는 나디마와 처음 만난 날을 또렷이 기억한다. 그날은 내가 오빠 삼 형제에게 치마를 입혀 학교에 간 날이었다.

그때는 푹푹 찌는 한여름이었다. 그런데도 다들 까만색 긴 교복 바지를 입고 땀을 줄줄 흘리고 있었다. 그래서 난 반바지를 입게 해 달라는 청원을 시작했고, 전교생에게 서명을 받을 작정이었다. 나는 체육복 반바지를 입고 등교하는 것으로 청원 운동을 시작하기로 했다. 친구 릴리에게 함께하자고 했더니 그러겠다고 했다. 그런 다음 릴리는 카라에게 가서 그 얘기를 했는데 카라는 그러다 혼날 수도 있다며 말렸다. 그리고 청원 운동 시작 전날 밤, 릴리에게서 문자 메시지가 왔다.

✉ 미안해, 재즈. 반바지 입고 학교 가는 거 안 할래.
─ 릴리

갑자기 안 한다니 릴리답지 않았다. 아마도 카라가 엄청나게 잔소리해 댔을 테지.

하는 수 없이 난 더 기막힌 생각을 해냈다. 바로 오빠 삼 형제에게 치마를 입히는 것!

오빠들은 재미있겠다고 했다. 내 생각에도 멋진 생각 같았다. 그 당시에는 말이다.

그날 아침이었다. 학교에 도착해서 엄마 차에서 우르르 내리자 모두 우리를 손가락질하며 낄낄댔다. 솔직히 오빠 삼 형제의 모습은 걸작이었다. 미니스커트는 오빠들에게 안 어울려도 너무 안 어울렸다.

"쪽팔려 죽겠네."

연신 치마를 끌어내리며 댄 오빠가 구시렁거렸다.

"바로 화장실 가서 바지로 갈아입을래."

거스 오빠가 말했다.

사실 거스 오빠는 오빠들 중에 막내지만 키는 제일 크다. 9학년밖에 안 됐는데 벌써 11학년인 댄 오빠만 하다. 제일 큰 오빠인 매트 오빠는 대입 준비반이다. 매트 오빠가 내게 도끼눈을 뜨고 중얼거렸다.

"완전 머저리 같아."

오빠 말이 맞았다. 오빠는 키가 185센티미터나 되는데 치마는 오빠 팬티를 덮는 둥 마는 둥 했다.

"씩씩하게 어깨 쭉 펴, 큰오빠!"

오빠 등을 툭툭 치며 내가 말했다.

우리는 학교로 몰려 들어가 단숨에 교장실 문을 박차고 들어 갔다.

교장 선생님은 우리를 보자마자 교복을 안 입었다며 호통쳤다.

"입었는데요. 이건 체육복 반바지고, 저건 교복 치마잖아요!"

내가 따졌다.

"남학생 교복은 바지야! 치마가 아니라."

"남자는 치마 입으면 안 된다는 말씀이세요?"

내가 대들었다.

"아니……, 그런 말은 아니란다."

교장 선생님이 한발 물러났다.

"그럼 아무 문제 없네요."

내가 맞받아치자, 교장 선생님이 눈을 치켜뜨고 안경 너머로 나를 쳐다봤다.

"재즈 왓슨, 교칙 어긴 게 벌써 몇 번째인지 일일이 세지도 못하겠구나. 이제 고작 7학년인데 말썽으로 기네스북에라도 오를 작정이냐?"

"그럴 리가요, 교장 선생님! 그리고 전 바보 같은 규칙만 어긴다고요."

교장 선생님이 한쪽 눈썹을 치켜올렸다. 그러자 매트 오빠가 내 옆구리를 쿡 찔렀고, 거스 오빠는 내 발을 꾹 밟았다.

"너희 모두 학교 끝나고 남아. 그리고 분실물 상자에서 교복을 찾아 갈아입도록!"

교장 선생님이 화난 목소리로 말했다.

나는 발목 위로 15센티미터는 껑충 올라오는 데다 고릿한 냄새까지 풍기는 꾀죄죄한 바지를 입어야 했다. 바지를 입은 내 모습은 정말이지 얼간이 같았다.

교실로 들어가자마자 카라가 키득키득 콧방귀를 뀌며 웃었다.

"옷이 왜 그래?"

그 소리에 반 친구들 모두 나를 빤히 쳐다봤다.

"파티 드레스야."

내가 비꼬듯 대꾸하자 카라만 빼고 다들 웃음을 터뜨렸다.

"난 네가 반바지 입고 오는 줄 알았는데?"

아무것도 모른다는 얼굴로 카라가 말했다.

"입고 있었어. 교장 선생님이 갈아입으라고 하기 전까지."

카라가 릴리를 돌아보며 말했다.

"거 봐. 내가 혼날 거라 했지?"

릴리가 얼굴을 찡그렸다. 둘은 클로이하고 엘리랑 같은 탁자에 앉아 있었다.

"혼난 거 아니거든."

나는 옆 탁자에 앉으며 가방을 바닥에 내려놓았다. 교장 선생님이 남으라고 했다는 말은 하지 않았다.

"실은, 교장 선생님이 기네스북에 오를 계획이냐고 물어보시더라고."

"정말? 완전 멋지다!"

클로이는 뭐든지 곧이곧대로 믿는다.

"그걸 믿냐!"

내가 웃었다.

"근데 반바지를 왜 입는 거야?"

엘리가 물었다.

"재즈는 모두가 반바지를 입고 다닐 수 있게 청원할 거래."

릴리가 설명했다.

"짱인데! 나 서명할래."

라이언이 말했다.

"나도!"

리암도 고개를 끄덕였다. 라이언과 리암은 우리 반 웃음 담당이다. 내가 청원서를 꺼내자 라이언과 리암이 서명했다. 와, 서명을 무려 두 개나 받았군.

"오늘 반바지 입고 오기로 한 사람이 나 혼자는 아니었는데 말이야."

내가 릴리를 쳐다보며 말했다.

릴리는 고개를 푹 떨구었다. 쳇, 그러거나 말거나.

"릴리한테 뭐라 하지 마. 네가 시키는 대로 하란 법은 없잖아."

카라가 톡 쏘아붙였다.

'사돈 남 말 하고 있네.'라고 말하려는 순간, 담임 선생님이 들어왔다.

카라는 조회 시간 내내 릴리에게 귓속말하며 나를 힐끔거렸다. 내 얘기를 하는 모양이었다.

2. 영어 수업은 괴로워

  조회가 끝나고 두 시간 연속 영어 수업이 있었다. 난 영어가 싫다. 그리고 두 시간 연속 영어 수업은 두 배로 싫다.

  엄마는 영어를 '나의 탁월한 능력으로 극복할 수 있는 도전'이라 생각하랬다. 얼간이 선생님을 만나지 않았다면 나도 기꺼이 그렇게 생각했을 것이다. 영어 선생님은 모름지기 영어 수업이란, 창피해서 서서히 죽어 가는 일이어야 한다고 여기는 모양이다.

  영어 선생님은 늘 난독증 있는 학생 중 하나를 골라 애들 앞에서 큰 소리로 읽게 했다. 그리고 그 학생은 대체로 나였다. 왜? 어째서? 더구나 카라처럼 남들 앞에서 읽고 싶어 안달 난 애들이 한 트럭은 됐는데 말이다.

  또 영어 선생님은 반 전체에게 질문해 놓고는 콕 집어 내게 대답하라고 했다. 허공에 미친 듯이 손을 흔들어 대는 애들을 두고 모르는 게 뻔한 나에게 물어보는 의도는 뭘까?

영어 선생님이 아이들에게 숙제를 되돌려 주었다. 나는 늘 그렇듯 왕창 깨질 마음의 준비를 하고 숙제를 펼쳤다. 아니나 다를까 새빨간 엑스(X) 자와 꼬불꼬불한 밑줄 그리고 슬픈 얼굴 이모티콘이 덕지덕지 도배돼 있었다.

☹☹☹☹

정말이지 선생님들에게 이모티콘 사용을 금지하는 법이라도 만들어야 한다. 선생님들이 유행에 민감한 척하는 모습은 보기 민망해 미칠 지경이다. 그것도 모자라 영어 선생님은 숙제 맨 아래에 대문짝만하게 '맞춤법 확인할 것'이라고 써 놓았다. 어떻게 쓰는지를 모르는데 무슨 수로 맞춤법을 확인한담?

그렇다. 이미 말했지만 영어 선생님은 얼간이다.

아무튼 난 맞춤법에 대해서는 춤추는 바나나같이 신나는 이모티콘을 보내진 못하겠다. 왜냐면,

첫째, 모든 컴퓨터에는 맞춤법 검사 기능이 있다.

둘째, 맞춤법 규칙은 엉터리다. 어떻게 '안다'를 어느 때는 '앝다'로, 또 어느 때는 '않다'라고 쓰냔 말이다.

셋째, 맞춤법 틀리는 것이 좋은 일일 수도 있다. 과학 실험을

하다가 결과를 '시험'하라고 적어야 할 것을 '시음'하라고 잘못 적는 바람에 인공 감미료를 발명했다는 얘기를 들은 적이 있다. 그러니까 누군가 맞춤법 실수를 하지 않았다면 눈부신 과학적 발견은 없었을 테고, 다이어트 콜라도 세상에 나올 수 없었을 거다.

영어 선생님은 학습지를 나누어 주며 말했다.
"오늘은 설득하는 글쓰기를 공부하겠다. 훌륭한 설득하는 글에는 올바른 논거가 적어도 세 개는 있어야 한다."
왜 꼭 세 개여야 하지? 아주 좋은 걸로 딱 하나면 안 되나?
영어 선생님은 계속 이야기했다.
"취침 시간을 스스로 정해야 하는 이유를 세 가지 생각한 다음, 각각 앞에 점을 찍고 적는다. 그리고 그 아래 자신의 주장을 간략히 요약한다."
나는 영어 선생님 말을 따라가느라 애를 먹었다. 한꺼번에 이것저것 지시하면 잘 못 따라가는 편이기도 하지만 그것보다는 아까 릴리에게 못되게 군 게 마음에 걸려서였다. 그래서 영어 선생님이 등을 돌리자마자 연습장 귀퉁이를 조금 찢어 릴리에게 쪽지를 썼다.

✉ 미아내, 릴리.

_재즈가

　나는 몸을 숙여 릴리에게 쪽지를 건넸다. 하지만 릴리가 쪽지를 잡으려는 순간 영어 선생님이 뒤돌았다.

　"재즈 왓슨! 이 교실에서 영어 공부를 제일 열심히 해야 하는 사람이 바로 너다. 그러니까 다른 애들 방해하지 말고……."

　선생님은 우리 모두의 앞날에 영어가 얼마나 중요한지 막 잔소리를 늘어놓으려는 참이었다. (하품, 하품.) 그때 교실 문이 열리더니 교장 선생님이 나타나 우리를 구해 주었다. 교장 선생님은, 우리 학교 교복을 입고 교복 색깔에 맞추어 머리에 파란 두건을 두른 여자애를 데리고 들어왔다.

3. 나디마

"좋은 아침이에요, 7학년 R반. 이 학생은 나디마라고 해요. 나디마는 영국에 온 지 얼마 안 돼서 영어를 잘 못해요. 하지만 여러분 모두 잘 돌봐 주고 따뜻하게 환영해 줄 거라 믿어요."

교장 선생님은 소개를 마치자마자 여자애가 도망칠까 봐 불안하기라도 한 듯 문을 꽝 닫고 나갔다. 사실 도망친다고 해도 뭐라할 수 없는 상황이었다. 우리 반 애들 모두가 그 애를 외계에서라도 온 듯 쳐다보고 있으니 무섭기도 할 거다.

하지만 여자애는 문 앞에 서서 교실 뒤를 당당하게 응시했다. 용감해 보이기까지 했다. 난 가까스로 여자애와 눈을 마주친 다음 환영의 미소를 활짝 지어 보였다. 그러자 놀라운 일이 벌어졌다. 여자애가 온 얼굴을 환하게 빛내며 마주 웃었다. 내 옆자리가 비어 있어서 나는 자리를 툭툭 치며 이리 와서 앉으라는 손짓을 했다. 여자애는 다가와 여전히 나를 향해 환히 웃으며 의자에 앉았다.

"안녕, 난 재즈야."

내가 인사하자 여자애가 말했다.

"나는 나디마야. 안녕?"

그런데 나디마는 억양이 좀 많이 이상했다. 표현하자면 이런 식이었다.

"나느은 나디이마야. 안녀어엉?"

나디마에게는 보는 순간 빠져들게 하는 무언가가 있었다. 나는 그것이 나디마의 배짱이라고 생각했다. 한눈에 할 말은 하는 아이란 걸 알 수 있었다.

나는 평소와 달리 누군가 옆에 앉으니 정말 기뻤다. 내 옆자리는 학기 내내 거의 모든 수업마다 비어 있었다. 초등학교 때는 릴리와 단짝이어서 내 옆엔 늘 릴리가 앉았다. 하지만 릴리는 지난 학기부터 카라랑 함께 앉는다. 오해는 하지 마시길. 릴리하고 난 여전히 친구고 내겐 클로이나 엘리처럼 다른 친구도 많다. 그러니까 아무 문제도 없다. 다만 카라와 내가 처음 본 순간부터 서로 진짜 싫어한다는 문제는 있다. 날 못 잡아먹어서 안달인 애랑 친한 릴리와 친구로 지내기가 얼마나 어려운지 남들은 절대 모를 거다.

어쨌든, 영어 선생님이 다가와서 나디마에게 취침 시간 정하는 학습지를 건넸다. 그러고는 내게 나디마를 도와주라고 했다.

저요?!?!

저 말입니까?!

헐……

누군가에게 영어 공부를 도와줄 사람을 찾는다면 지구상에서 맨 마지막으로 뽑힐 사람이 바로 나다.

나는 최선을 다해 천천히 뭘 해야 하는지 설명하려고 애썼다. 나디마는 예의 바르게 고개를 끄덕였지만 한마디도 못 알아듣는 것 같았다. 나디마는 이런 일에 익숙한 모양인지 그다지 신경 쓰지 않는 눈치였다. 그때 쉬는 시간 종이 울렸다.

"나머지는 집에 가서 숙제해 오도록."

우르르 몰려나가는 아이들을 향해 영어 선생님이 소리쳤다.

순간 모두 "으……!" 하고 앓는 소리를 냈다. (물론 나디마만 빼고.)

4. 초콜릿과 로큘의 공통점

쉬는 시간에 아이들은 학생 식당 옆 계단으로 가서 초콜릿에
뿌려 놓은 헤이즐넛 가루처럼 나디마 곁에 와글와글 모여들었다.

카라가 다짜고짜 물었다.

"안녕! 난 카라야. 넌 어디서 왔어?"

나디마는 슬며시 웃으며 미안하다는 듯 어깨를 으쓱했다.

"못 알아듣는 것 같은데."

내 말에 카라가 눈을 부릅뜨고 말했다.

"넌 가만히 있어."

그러곤 방금 한 질문을 훨씬 천천히, 훨씬 큰 소리로 반복했다.

"쟤가 귀머거리는 아니잖아."

내가 슬쩍 말했지만 카라는 들은 척도 안 하고 계속했다.

"너… 영어… 할 줄… 알아?"

하지만 나디마가 입을 채 떼기도 전에 클로이가 말했다.

"영국에 온 지는 얼마나 됐어?"

그러자 엘리가 물었다.

"어디서 왔는데?"

릴리도 합세했다.

"지금은 어디 살아?"

아이들이 나디마를 향해 질문을 퍼부었다. 나디마는 그저 활짝 웃으며 고개를 끄덕일 뿐이었다. 하지만 슬슬 정신이 멍해지는 눈치였다.

"다들 그만해! 너희가 하는 말 하나도 못 알아듣는 게 분명하다고."

내가 외쳤다.

"어머! 완전 인종 차별이야! 영어를 못 할 거라고 단정 짓다니."

카라가 말했다.

"아니야, 그런 거 아니라고!"

내가 발끈했다.

"인종 차별은 아니지."

릴리가 차분하게 말했다.

"나디마가 영어를 잘 못 한다고 교장 선생님이 그랬잖아!"

내가 말했다.

자기 이름이 들리자 나디마가 나를 바라봤다. 와락 부끄러운 마음이 일었다. 다들 나디마를 앞에 놓고 없는 사람 취급하며 그 애 애기를 떠든 셈이었다.

그때 갑자기 라이언과 리암이 펄쩍펄쩍 뛰며 서로 올라타다가 같이 잔디밭으로 고꾸라졌다. 둘은 잔디밭을 구르며 레슬링을 했다. 나디마의 눈길을 끌어 보려는 게 뻔했다. 나디마는 우리를 향해 빙그레 웃더니 눈살을 찌푸렸다.

"아이고, 철 좀 들어."

나는 남자애들을 향해 소리치고는 나디마를 보며 말했다.

"하여간 남자들이란!"

"맞아, 하여간 남자들이란!"

나디마가 특유의 재미난 억양으로 내 말을 따라 했다. 다들 깔깔대며 웃음을 터뜨리자 나디마가 나를 향해 미소 지었다. 라이언과 리암은 잔디밭에 누워 바보같이 히죽댔다.

"잠깐! 방금 기막힌 생각이 떠올랐어."

카라가 뒷주머니에서 휴대 전화를 꺼내며 말했다.

"구글 번역기를 쓰는 거야!"

"좋은 생각이야."

릴리도 휴대 전화를 꺼내며 소리쳤다.

"맞아!"

클로이와 엘리도 휴대 전화를 꺼내 들며 맞장구쳤다. 난 영어 읽는 것만도 벅찬 사람이라 별 관심을 안 두었다.

카라의 '기막힌' 생각은 애초에 말도 안 되는 일로 결론 났다. (고소해하는 게 아니라, 사실이 그렇다는 말이다.) 카라 계획의 근본적인 문제는 나디마가 어느 나라에서 왔는지 모른다는 거다.

"맨 위에 있는 언어부터 하나씩 해 보자."

카라는 제일 위에 있는 언어를 큰 소리로 읽었다.

"아프리칸스어.*"

"아프리카 사람들이 하는 말이야?"

클로이가 물었다.

"당연히 그렇겠지."

엘리가 어깨를 으쓱하며 대답했다.

난 아까 반바지 일로 릴리에게 한 말 때문에 아직 마음이 불편했다. 미안하다고 사과하고 싶었지만 카라랑 애들 다 보는 앞에서 하기는 싫었다.

클로이가 전화기의 언어 목록을 주르륵 내리며 말했다.

"맙소사. 수백 개는 되나 봐!"

"처음 보는 언어가 대부분이야. 이건 뭐지? 벵골어?"

*아프리칸스어 : 남아프리카공화국과 나미비아에서 주로 쓰이는 언어로 17세기 남아프리카가 네덜란드의 식민지가 될 때 들어온 네덜란드어가 현지어의 영향을 받아 독자적으로 발전한 언어.

엘리가 벵골어를 클릭했다.

তুমি কে খা থেকে এসেছে

"이것 좀 봐!"
엘리가 화면을 보여 주며 소리쳤다.
그러자 다들 삼천포로 빠져 이것저것 다른 언어를 눌러 대기 시
작했다.

من أي بلد حضرتك

이건 아랍어였다.

你从哪里来的

이건 중국어.

あなたの出身はどこですか

그리고 이건 일본어.

모두 '넌 어디서 왔니?'라는 뜻이었다. 나디마는 한 번도 휴대
전화를 들여다보지 않았다. 그저 당황스러운 얼굴로 그 자리에 우

두커니 서 있을 뿐이었다. 나는 나디마를 향해 웃으며 '이게 무슨 코미디람?' 하는 뜻으로 크게 어깨를 으쓱해 보였다. 나디마도 웃으며 어깨를 크게 들썩였다.

나디마와 대화하기가 불가능하다는 사실을 깨닫자마자 카라는 지루한 듯 자리를 떴다. 물론 릴리도 함께 끌고 갔다. 그러자 다른 애들도 뿔뿔이 흩어졌다.

이내 나디마 곁에는 나 혼자만 남았다.

나디마와 나는 서로를 어색하게 바라보았다.

"음…… 빠를레 부 프랑세?"

내가 프랑스어로 물었다. '프랑스어 할 줄 알아?'라는 뜻이었다. 나디마는 멀뚱멀뚱 바라볼 뿐이었다.

"에…… 도이치?"

독일어로도 시도해 보았다.

나디마는 인상을 찌푸렸다. 난 못 한다는 뜻으로 받아들였다. 차라리 다행이었다. 프랑스어나 독일어를 못 하기는 나도 마찬가지였으니까.

또다시 한층 더 어색한 침묵이 흘렀다.

그때 내 입으로 말하긴 쑥스럽지만 기막힌 생각이 떠올랐다. 나는 가방을 뒤져 초콜릿을 꺼낸 다음 한 조각 잘라서 나디마에게 내밀었다.

"그럼 초콜릿어는 할 줄 알아?"

나디마가 온 얼굴이 햇살처럼 환해지는 그 표정을 다시 지었다. 눈에도 반짝반짝 생기가 돌았다. 나디마는 초콜릿을 받아 들더니 입에 넣지 않고 책가방을 마구 뒤져 은박지로 싼 무언가를 꺼내 내게 건넸다. 은박지를 벗기자 터키 사탕 로쿰이 나왔다. 설탕 가루가 잔뜩 묻은 아주 커다란 덩어리였다. 솔직히 난 찐득하고 끈적해서 로쿰을 썩 좋아하지 않았다. 그런데 세상에! 나디마가 준 로쿰은 이에 들러붙지도 않고 사르르 녹는 게 가게에서 파는 것하고는 비교가 안 됐다. 정말 끝내주는 맛이었다!

우리는 서로가 건넨 사탕과 초콜릿을 우물거렸다. 그 순간 난 그냥 알았다. 나디마와 내가 서로 말은 안 통하지만 친구가 되리라는 것을. 어떻게 알았는지는 묻지 마시길. 설명 못 하니까.

5. 답장해 줘

온종일 릴리에게 사과할 기회가 없었다. 그래서 학교가 끝나자마자 릴리에게 문자 메시지를 보냈다.

✉ 못돼게 굴어서 미아내. 답짱해죠.

기적처럼 자동 교정 기능이 이렇게 바꾸었다.

✉ 못되게 굴어서 미안해. 답장해 줘.

답이 없었다. 릴리는 삐쳐서 샐쭉거리는 그런 애가 아니다. (누구라고 말은 안 하겠지만 그런 애들이 있다. 말 안 해도 알겠지만.) 릴리가 나와 말을 안 하려 든다면, 그럼 속이 단단히 상한 게 분명하다. 계속 답장이 없으면 나중에 전화를 걸어 보기로 했다.

목요일은 내가 저녁을 준비하는 날이다. 파스타 면 한 봉지를 삶고 참치 통조림 세 통을 딴 다음 치즈를 산더미만큼 갈아 놓았다. 오빠 삼 형제는 모두 운동을 해서 어마어마하게 먹어 댄다. 나는 참치 파스타 재료를 모두 섞어 오븐에 넣었다. 그러고는 다시 휴대 전화를 들여다보았다. 여전히 답장은 없었다.

목요일은 일주일 중 내가 제일 좋아하는 날이다. 거스 오빠는 축구, 댄 오빠는 럭비, 매트 오빠는 가라테를 하러 간다. 오빠들은 운동 천재들이어서 복도 거울에는 메달이 주렁주렁 걸려 있다. 나로 말하자면 여섯 살 때인가 릴리랑 이인삼각 경기에서 딱 한 번 1등을 한 이후론 메달 근처에도 못 갔다. 아무튼 엄마는 메달을 몽땅 걸어 놓았다. 머지않아 우리 가족이 이룬 놀라운 성취의 무게에 못 이겨 저 거울은 벽에서 떨어지지 싶다.

목요일마다 오빠들은 학교가 끝나기 바쁘게 우르르 집으로 몰려 들어와 부랴부랴 장비를 챙긴 다음 다시 우르르 몰려 나간다. 그러고는 엄마가 퇴근 후 데리러 갈 때까지 두어 시간 동안 안 돌아온다.

그러면 집에는 오로지 나 혼자뿐이고 그건 컴퓨터가 내 차지란 뜻이다!

자기 노트북이 있는 사람은 매트 오빠뿐이어서 난 부엌 컴퓨터를 차지하려고 만날 거스 오빠랑 댄 오빠와 싸워야 한다. 엄마는

12학년이 되면 나도 하나 사 주겠다고 약속했지만 그건 5년 뒤 일이다. 난 막 사업을 시작하려는 참이어서 그렇게 오래는 못 기다린다. 나는 컴퓨터 앞에 앉아 고안 중인 웹 사이트를 열었다.

흥미로운 이야기를 하나 들려주자면, 성공한 사업가 중 엄청나게 많은 수가 난독증을 앓고 있다. 텔레비전 리얼리티 프로그램 「연습생」에 나오는 앨런 슈가도 난독증이고, 바디샵을 창업한 여자 사업가도 그렇다. 또 버진 그룹 회장 리처드 브랜슨, 요리사 제이미 올리버, 이름은 모르겠지만 이케아 창업자도 난독증이다.

난 이 사람들처럼 성공하기로 마음먹었고, 여러 가지 사업 구상을 실행에 옮겨 보기도 했었다. 지난여름, 난 직접 만든 컵케이크와 레모네이드를 집 앞에서 팔았다. 꽤 성공적이었다. 그런 다음 오빠 삼 형제를 고용해서 아기 돌보기와 세차 사업도 해 보았는데, 이건 망했다. 오빠들이 내게 수수료를 안 주려 하기도 했지만 그보다는 아예 일을 하려 들지 않았던 탓이다.

퐁퐁 샘솟는 여러 사업 아이디어 중 현재까지 제일 괜찮은 것은 중고 게임이나 옷을 내다 파는 웹 사이트를 만드는 거다. 내 웹 사이트를 통해 게임이나 옷을 판 아이들은 그 돈으로 새 게임이나 옷을 살 테고, 그렇게 되면 게임 가게와 옷 가게 들이 모두 내 웹 사이트에 광고를 올리고 싶어 안달 날 것이다. 난 그걸로 돈을 버는 거다. 어때, 천재적이지?

그런데 내 컴퓨터 없이는 사업을 할 수가 없어 대책을 궁리하는
중이다.

다시 휴대 전화를 확인했는데 릴리에게선 계속 답장이 없었다.
카라가 무시해 버리라고 한 게 뻔하다. 그래서 전화를 걸었는데 릴
리는 받지 않았다. 그때 문 열리는 소리가 들리더니 오빠 삼 형제
가 굶주린 코끼리 떼처럼 부엌으로 들이닥쳤다.
"음, 냄새 좋은데."
뒤따라 들어와 나를 안으며 엄마가 말했다.
"먹을 거 내 놔아아아!"
거스 오빠가 의자에 털썩 앉으며 소리쳤다.
"저녁 뭐야?"
거스 오빠를 타고 넘어 자기 자리에 앉으며 매트 오빠가 물었다.
"참치 파스타."
내가 말했다.
"제발 콩은 안 넣었기를……."
댄 오빠가 식탁 밑으로 들어가 자리로 기어가며 말했다.
"넣었는데."
식탁에 접시를 내려놓으며 내가 명랑하게 대꾸했다.
"안 돼애애!"

댄 오빠가 반대편으로 기어 나오며 소리쳤다.

"자, 씩씩하게 어깨 펴고 콩을 먹는다."

내가 웃으며 말했다.

"맛있어 보이네, 귀염둥이."

엄마가 파스타를 담으며 말했다.

내 입으로 말하기 쑥스럽지만 파스타는 맛있었다.

"그래, 다들 학교에선 잘 지냈니?"

모두 코를 박고 먹고 있는데 엄마가 물었다.

"완벽했죠. 치마가 대성공이었거든요."

매트 오빠가 나를 노려보며 대꾸했다.

이번엔 댄 오빠가 말했다.

"네, 교장 선생님한테 대박 혼난 게 특히 재밌었어요."

"종일 구역질 나는 낡은 바지를 입고 있었던 건 또 어떻고요."

거스 오빠가 볼멘소리를 했다.

"정말 고맙다, 동생아."

댄 오빠가 말했다.

"내 잘못 아니야! 교장 선생님이 분실물 상자를 뒤져 교복으로 갈아입으라고 할 줄 어떻게 알았겠어?"

내가 따졌다.

"벼룩이 물었나 봐."

거스 오빠가 몸을 부르르 떨며 정신없이 다리를 긁어 댔다.

엄마가 인상을 찌푸렸다.

"그럼 온종일 엉망이었어?"

"아니요, 새 친구가 왔어요."

난 엄마에게 나디마 얘기를 했다.

"어디서 왔는데?"

매트 오빠가 물었다.

"몰라. 그 질문에 대답할 정도로 영어를 잘하지 못 해."

"걔 힘들었겠다. 말도 안 통하는 애들이랑 하루 종일 지내다니."

엄마가 말했다.

"우리 반 여자애들하고 있는 거랑 똑같네."

댄 오빠가 말했다.

"좀 무섭기도 했을 거야."

엄마가 말을 이었다.

"그것도 우리 반 여자애들하고 있는 거랑 똑같네."

댄 오빠의 말에 매트 오빠가 히죽히죽 웃었다.

"잘 적응할 수 있도록 다들 친절하게 대해 주면 좋겠다."

엄마가 말했다.

난 구글 번역기를 돌리던 카라 생각이 났다. 하지만 이내 나디
마랑 말이 안 통한다는 걸 깨닫고는 모두 뿔뿔이 흩어졌던 것도

떠올랐다. 이제 와 생각해 보니 좀 고약한 행동이었다.

"걔는 진짜 열심히 영어를 배우려고 해요. 계단이랑 벤치 같은 걸 가리키면서 이건 뭐야? 하고 계속 물어봐요. 영어 단어 가르쳐 주다 하루가 다 갔다니까요. 말하는 사전이 된 기분이었어요."

"맞춤법은 절대 가르쳐 주지 마라."

거스 오빠가 말했다.

"거스, 재미없어."

엄마가 경고의 눈빛을 보냈다.

오빠들이 놀리는 건 아무렇지도 않다. 그렇지만 오늘은 반바지 시위가 폭삭 망해서 지칠 대로 지친 데다 릴리의 답장을 눈 빠지게 기다리는 중이어서 기분이 영 아니었다.

릴리가 나랑 말을 안 하면, 그럼 내일은 진짜 엉망이 될 거다.

6. 카라의 멜로드라마

학교에 반쯤 다다랐을 때였다.

"앗! 어쩌면 좋아. 집 안내 책자를 두고 왔어!"

브레이크를 콱 밟으며 엄마가 소리쳤다. 주변 차들이 끼이익 멈추며 빵빵 경적을 울려 댔다.

엄마가 부동산 중개 일을 시작하면서부터 우린 늘 '등하굣길 사망 사고'가 날까 봐 조마조마하다. 엄마는 우리를 학교에 데려다주자마자 바로 고객과의 첫 약속에도 가야 했다.

"괜찮아, 괜찮아!"

엄마는 출근 시간 차들로 꽉 들어찬 도로 한가운데서 재빨리차를 앞으로 뺐다 뒤로 뺐다 하며 방향을 돌렸다.

"엄마!"

의자를 꽉 붙들며 내가 소리쳤다.

"미안. 근데 너희 데려다준 다음 바로 약속이 있어. 지각해도 어쩔 수 없겠구나."

마침내 학교에 도착하자마자 난 가방을 꼭 끌어안고 뛰었다. 영어 교실을 가로질러 복도를 내달리는데 고함 소리가 들렸다.

"재즈 왓슨! 뛰지 마!"

누구인지는 뻔했다. 내 철천지원수 영어 선생님이었다.

"저 늦었어요, 선생님!"

내가 소리쳤다.

"왜 늦었는데?"

"제 잘못 아니에요, 선생님! 엄마가……."

선생님은 손을 들어 말을 끊었다.

"변명 필요 없어. 그런 말 한두 번 듣는 줄 아니?"

"하지만 선생님, 안 뛰면 조회 시간에 늦는단 말이에요."

"당연히 그렇겠지. 그런데 지금은 복도에서 뛰었다고 혼나는 중이거든. 이러지도 저러지도 못하고 어쩌나. 하는 수 없지. 걸으면서 계속 뛰려무나."

뭐라고? 걸으면서 뛰라고? 그런 게 가능해?

허겁지겁 교실로 들어갔더니 다행히 아직 담임 선생님이 없었다. 여느 때처럼 애들은 웃고 떠들며 장난치고 있었다. 리암은 담임 선생님 회전의자에 앉아 뱅뱅 돌며 라이언과 서로 펜을 집어 던지고 있었다. 나디마는 벌써 내 옆자리에 앉아 있었는데 주변의 소란에 정신이 멍한 눈치였다.

릴리와 카라는 엘리와 클로이랑 같은 탁자에 앉아 있었다. 모두 카라 전화기에서 나오는 노래를 따라 부르고 있었다. 릴리가 옆으로 살짝 비키며 탁자 구석에 자리를 만들어 주어서 난 끝에 쪼그리고 앉았다. 내가 다른 자리에 앉자 나디마의 얼굴이 시무룩해졌다. 마음이 무거웠지만 릴리와 할 얘기가 있었다.

"문자 보냈는데 답장도 없고 전화도 안 받더라."

참견쟁이 카라가 듣지 못하게 나지막이 말했다.

"미안해. 전화기가 꺼져 있었어."

릴리가 미안한 표정으로 말했다.

"뭐? 그게 다야? 반바지 때문에 못되게 굴어서 네가 화난 줄 알았어."

"아니야! 그런 일로 무슨 화가 나, 이 답답아!"

릴리가 활짝 웃었다.

나도 슬쩍 마주 웃으며 말했다.

"미안해."

릴리는 미소 지으며 어깨를 으쓱해 보였다.

마음이 탁 놓였다. 오늘은 그렇게 망한 날은 아닐 것 같았다.

그런데 바로 그때 클로이가 영어 숙제 얘기를 꺼냈다. 아뿔싸! 어쩌지? 정말 까맣게 잊고 있었다.

"맙소사. 영어 선생님이 날 죽여 버릴 거야! 영어 몇 교시야?"

"진정해. 점심시간에 하면 돼. 내가 도와줄게."

릴리가 웃으며 말했다.

곁눈으로 카라가 못마땅해하는 게 보였지만 신경 안 썼다.

"고마워, 릴리!"

내가 말했다. 그리고 덧붙였다.

"난 나디마 옆에 앉을게. 나디마가 혼자 앉아 있잖아."

"물론이지."

내가 자리로 돌아오자 나디마의 얼굴이 환하게 밝아졌다.

그때 카라의 초특급 드라마 연기가 시작됐다.

"끔찍해."

카라가 교실 전체를 향해 말했다. (모두 자기 얘기에 귀 기울일 거라 믿는 게 분명했다.)

"나 숙제 때문에 양아버지랑 한바탕했잖아. 자기한테 내 취침 시간을 정할 권리가 있다지 뭐야?"

"뭐? 친아빠도 아니잖아!"

클로이가 소리쳤다.

"그래, 양아버지가 결정할 일이 아니지."

릴리도 거들었다.

"그 사람이 뭔데?"

엘리도 빠질 수 없다는 듯 한마디 했다.

"내 말이! 양아버지한테 대들었더니 엄마가 나를 혼냈어."

카라가 '슬픈' 얼굴을 하고 릴리의 어깨에 머리를 기대며 말했다.

"난 내 인생이 정말 싫어."

릴리가 카라 어깨를 감쌌다.

"세상에! 과장도 정도껏 해. 카라, 너희 양아버지가 여섯 시 반에 널 방으로 끌고 가서 집어넣고 방문 걸어 잠근 것도 아니잖아."

내 말에 카라가 눈에 쌍심지를 켜고 쏘아붙였다.

"네가 내 인생에 대해 뭘 안다고 그래?"

누가 보면 세상에 양부모 있는 사람은 카라 혼자인 줄 알겠네. 자기가 백설 공주야 뭐야?

7. 환상의 맛 파투수

교실을 옮겨 다닐 때마다 나디마는 내게 껌딱지처럼 딱 달라붙었다. 우리 학교 크기를 생각하면 매우 현명한 선택이다. 난 진지하게 나디마에게 학교 지도를 하나 그려 줘야 하나 생각했다.

다른 아이들은 모두 왁자지껄 떠들었지만 나디마와 나는 미소를 주고받을 뿐 말없이 걷기만 했다. 그렇다고 껄끄럽거나 불편한 건 아니었다. 교실에 들어갈 때마다 난 나디마에게 무슨 수업인지 알려 주고 어떤 책을 꺼내야 하는지 보여 줬다. 솔직히 말해서 내가 나디마에게 줄 수 있는 도움은 이게 전부였다.

평범한 금요일 오전이었다. (하품) 두 시간 연속 과학 수업이 있었고 (두 번 연속 하품), 역사 수업을 한 다음 (대왕 하품), 프랑스어 수업 시간이었다. (드르렁드르렁 쿨쿨.) 나디마가 수업을 조금이라도 알아듣는지 알 수 없었다. (나머지 아이들이라고 다를 건 없지만.) 얼마 지나지 않아 나디마는 필기를 포기했다.

영어도 못 하는데 영어로 가르치는 프랑스어를 어떻게 이해한단 말인가. 내가 러시아어로 이탈리아어를 배우는 것과 마찬가지일 테지. 웃기는 짬뽕 같은 일이다. 게다가 프랑스어 선생님은 칠판에 쓴 글을 그냥 줄줄 읽기만 한다. 초콜릿으로 만든 티스푼만큼이나 쓸모가 없다. 수업 시작한 지 5분 만에 난 한눈을 팔고 내 인터넷 사업의 이름을 생각했다. 뭔가 눈길을 확 사로잡는 그런 이름 없을까? '아마존'이나 '검트리'처럼 말이다. 그러다 왜 아마존과 검트리라고 이름 지었는지 궁금해졌다. 검트리가 대체 뭐지?

그때 마침 수업 끝나는 종이 울려서 우리는 점심을 먹으러 갔다. 릴리와 카라는 다른 애들과 함께 학생 식당에 갔다. 하지만 난 아까 카라가 내게 성질을 부린 탓에 나디마를 데리고 나가 운동장 주변 나무 밑에 앉았다.

우리는 시원한 나무 그늘에 앉아 도시락을 꺼냈다. 나는 나디마에게 도시락을 내밀며 맛을 보라고 했다.

"이거 뭐야?"

나디마가 물었다.

"참치 파스타."

"참치… 파스타."

나디마는 따라서 말하고는 포크로 파스타를 말아 입에 넣고 잠시 우물거리더니 말했다.

"맛있어. 맘에 들어!"

"고마워! 이 몸이 손수 만들었지."

나디마가 못 알아들었는지 얼굴을 찡그렸다. 나는 천천히 다시 말했다.

"내가 만들었다고."

"아하!"

나디마는 이해한 듯 고개를 끄덕였다. 그러곤 자기 도시락을 내밀었다.

"엄마 만들어."

토마토와 피망, 오이 그리고 피타빵*을 찢어 넣은 샐러드 같은 음식이었다. 나는 포크 가득 찍어 입에 넣었다. 채소는 아삭아삭한데 빵은 부드럽고 드레싱이 푹 스며 있었으며, 레몬과 향신료가 입안에서 팡팡 터졌다.

"우아, 진짜 맛있어!"

입안 가득 샐러드를 물고 내가 웅얼거렸다.

"파투쉬야."

나디마가 싱긋 웃으며 말했다.

"파투우쉬."

*피타빵 : 고대 시리아에서 유래된 이스트로 밀가루를 발효시켜 만든 원형의 넓적한 빵.

내가 따라 했다.

"너희 엄마 요리 엄청 잘하신다."

포크 가득 샐러드를 한 번 더 집으며 내가 말했다.

점심을 다 먹은 다음 나는 전화기를 꺼냈다.

"번호 교환할까?"

나디마는 무슨 소리인지 몰라 어깨를 으쓱했다. 그래서 난 문자 보내는 시늉을 하며 나디마와 나를 번갈아 가리켰다.

"아하! 그래!"

나디마가 고개를 끄덕끄덕했다.

그런 다음 우리는 점심시간이 끝날 때까지 귀여운 강아지와 고양이 사진을 보았다. 대화는 나눌 수 없었지만 정말 많이 웃었다. 나디마와 나는 좋아하는 게 똑같아 보였다. 다만 내가 강아지를 좀 더 좋아하고, 나디마는 고양이에 더 빠져 있었다. 하지만 그게 무슨 상관이람!

점심시간 바로 다음은 영어 수업이었다. 자리에 앉는 순간 나는 점심시간에 그 망할 놈의 글쓰기 숙제를 안 했다는 걸 깨달았다. 으! 난 영어 선생님한테 죽었다.

"이번 학기 들어 세 번째다."

선생님이 나를 이글이글 노려봤다. 이어 그다음 말을 덧붙이며 능글맞게 히죽댔다.

"그 말은 안됐지만 집으로 가정 통신문이 간다는 뜻이지."

맙소사! 엄마가 그걸 보면 펄펄 뛸 거다.

"오늘 꼭 숙제할게요."

내가 애원했다.

"안 돼. 어젯밤에 했어야지."

"그래도 그건 너무 하잖아요!"

내가 소리쳤다.

"됐어, 그만!"

"그래도 선생님……."

"한마디만 더하면 수업 시간마다 평가 리포트를 받겠다."

선생님이 경고했다.

난 입을 다물었다. 반 아이들 모두 쥐 죽은 듯 조용해졌다. 영어 선생님은 나디마를 힐끗 보더니 다시 나를 보며 말했다.

"새로 온 친구한테 나쁜 영향은 주지 말거라."

이 무슨 얼토당토않은 소리람? 난 말문이 막혔다. 하지만 그 편이 나았다. 그러다 평가 리포트를 받으면 진짜로 엄마가 날 잡아먹을 테니까.

8. 계획의 달인

토요일이면 난 제일 먼저 일어나 아래층으로 내려간다. 오빠들보다 먼저 컴퓨터를 차지하기 위해서이기도 하지만, 엄마의 주말 아침 요리를 맨 처음 맛보고 싶어서다. 오늘 아침은 와플이다. 난 뜨겁게 구운 와플에 초콜릿 잼을 잔뜩 발라 먹는 걸 좋아한다. 하긴 누군들 안 그렇겠어? 난 식탁에 앉아 손가락에 묻은 초콜릿 잼을 쪽쪽 빨며 웹 사이트 문제를 해결하려 낑낑대고 있었다.

웹 사이트 만들기는 누워서 떡 먹기다. 하지만 난 운영자 말고 다른 사람들도 물건을 올릴 수 있는 사이트를 만들 거다. 모든 걸 내가 처리하는 대신 난 광고를 올리는 데 시간을 투자할 생각이다.

바로 그때 두 가지 일이 일어났다.

첫째, 대문에 달린 우편함이 딸깍거리는 소리가 들렸다.
둘째, 영어 선생님이 보낸다는 가정 통신문이 떠올랐다.

찰나의 순간 난 복도를 달려 나가 누가 보기 전에 (엄마 말이다.) 우편물을 가로챌까 생각했다. 하지만 그때 엄마가 계단을 내려가는 소리가 들렸다. 엄마는 대문 앞에 잠시 멈춰 섰다. 좋은 징조가 아니다. 엄마는 보통 우편물을 챙겨 부엌으로 가져온다. 하지만 뭔가 재미있거나 아니면 심상치 않은 게 있으면 그 자리에서 봉투를 뜯어 대문 앞에서 읽어 본다.

나는 숨을 죽였다.

"재즈!"

엄마가 부엌으로 성큼성큼 걸어오며 소리쳤다.

"내가 설명할게요!"

나도 소리쳤다.

엄마는 노발대발하며 내 앞에 가정 통신문을 흔들어 댔다.

"영어 숙제를 또 안 했구나."

"점심시간에 릴리랑 하려고 했어요. 근데 릴리가 너무 바빠서."

"너무 바빠서 널 못 도와줬다고? 릴리가 그랬을 리 없는데. 릴리한테 물어는 봤어?"

엄마가 따져 물었다.

"당연히 물어봤죠!"

그래, 나도 안다. 내가 진실을 왜곡하고 있다는 걸. 하지만 점심시간에 숙제하는 걸 깜빡했다고 인정하기가 싫었다. 더구나 내가 숙제를 잊은 건 릴리가 카라랑 같이 있었고, 카라가 내게 못되게 굴었던 탓이다. 그러니까 내 잘못만은 아니다. 안 그래?

엄마는 한숨을 푹 내쉬더니 차를 두 잔 타서 한 잔을 내게 내밀었다.

엄마가 식탁 맞은편에 앉으며 말했다.

"지금 하던 거 저장하고 잠깐 컴퓨터 좀 꺼 봐."

심장이 쿵 내려앉았다.

"재즈, 오빠들은 숙제 안 했다고 가정 통신문 온 적 한 번도 없었어. 게다가 또 영어 숙제야. 난독증 때문에 그런 거니?"

"그런 거 아니에요. 영어 선생님이 날 싫어해서 그래요. 만날 나만 못살게 군다고요. 릴리한테 물어보세요."

엄마가 차를 한 모금 마시고 잠시 생각하더니 말했다.

"엄마 학생 때 수학 선생님도 엄마를 미워했어. 그래서 엄마도 같이 미워해 줬어!"

엄마는 차를 한 모금 더 마시더니 덧붙였다.

"그리고 난 수학 숙제를 철저히 했어. 선생님이 뭐라고 못 하게 말이야."

"나도 그러려고 했는데…… 사실은 그냥 깜빡했어요."

나는 사실대로 말했다.

"엄마가 영어 선생님하고 상담 좀 해 볼까?"

나는 고개를 절레절레 흔들었다.

"그럼 괜히 일만 더 커져요."

"네 말이 맞는 것 같구나. 그럼 이제 숙제를 안 잊도록 어떻게 할 거니?"

참고로, 난독증 환자들은 전략 세우는 데 선수다. 하루에도 천만 가지 문제를 해결해야 하기 때문일 거다. 난 남들처럼 옆길로 새거나 자잘한 일에 발목 잡히는 법이 없다. 큰 문제 해결에 더 강하다. 그리고 사물을 다르게 바라보며 매번 새롭고 독창적인 생각을 해낸다. 역사상 가장 위대한 천재 중에도 난독증 환자들이 제법 있다. 알베르트 아인슈타인, 레오나르도 다빈치, 스티브 잡스, 심지어 월트 디즈니도 난독증이 있었다.

나는 잠시 생각해 보고는 대답했다.

"첫째, 오늘은 숙제하는 걸 까먹지 않게 영어 책을 침대 위에 올려놓을 거예요. 둘째, 영어 수업 있는 날을 꼭 확인하고 셋째, 전화에 알림 설정을 할 거예요. 그리고 알림이 뜨는 요일에는 숙제를 했나 확인할게요."

"치밀하고 탄탄한 계획 같구나."

식탁에서 일어서며 엄마가 말했다.

"따뜻한 것 좀 먹을래? 달걀? 베이컨? 해시브라운*? 아님 버섯?"

엄마가 냉장고를 열며 덧붙였다.

"다 해치울 수 있어요!"

이미 와플 두 개와 초콜릿 잼 한 사발을 먹어 치운 내가 말했다. 나는 엄마랑 같이 요리를 시작했다. 이내 베이컨 냄새가 위층으로 솔솔 풍기자 오빠 삼 형제가 아래층으로 어슬렁어슬렁 내려왔다.

*해시브라운 : 감자를 잘게 썰어 구운 요리

9. 초대

"배고파 죽을 것 같아!"

의자에 털썩 앉으며 매트 오빠가 말했다.

"그냥 앉지 말고 포크랑 나이프 갖고 와!"

산더미만큼 구워 놓은 빵에 버터를 바르며 엄마가 말했다.

"댄, 포크랑 나이프!"

매트 오빠가 꼼짝도 하지 않고 말했다.

"나 바빠!"

가스레인지 앞을 지나며 댄 오빠가 프라이팬에서 베이컨 한 조각을 슬쩍했다.

"어딜!"

내가 뒤집개로 오빠 손을 탁 쳤다.

거스 오빠가 컴퓨터 앞에 앉자, 내가 소리쳤다.

"내가 쓰던 중이야."

"너 베이컨 굽고 있잖아."

"내가 로그인해 놨다고."

"아닌데."

거스 오빠가 잽싸게 로그아웃하며 말했다.

"그럼 아침 먹고 나서는 내가 쓸 거야."

"아니, 그것도 안 되는데."

"엄마아아!"

내가 소리쳤다.

"거스, 동생 좀 쓰게 해 줘라."

엄마가 타일렀다.

"재즈는 이미 썼잖아요. 내 차례예요."

거스 오빠가 꽥꽥거렸다.

"거스 다음은 나!"

댄 오빠가 말했다.

봤지? 이렇다고. 이러니 내가 사업을 시작할 기회나 있겠냐고?

"나는 왜 컴퓨터 안 사 줘요?"

내가 목소리를 높였다.

"왜냐면 난 백만장자가 아니니까!"

엄마가 대꾸했다.

"아하! 그렇지만 엄마가 노트북을 사 주면 내가 웹 사이트를 시작할 수 있고, 그러면 곧 백만장자가 될 거예요!"

내가 기막힌 논리를 들이댔다.

"그럼 엄마한테 컴퓨터 산 돈을 갚을게요."

약속도 했다.

엄마는 대답은 않고 그냥 눈만 흘길 뿐이었다.

"훌륭한 제안이었어, 재즈."

매트 오빠가 말했다.

"얼른 먹기나 해!"

프라이팬을 식탁에 내려놓으며 엄마가 말했다.

모두 열심히 먹기 시작했다. 거스 오빠랑 댄 오빠는 마지막 남은 해시브라운을 놓고 포크 싸움을 했다.

엄마는 그러거나 말거나 내게 물었다.

"오늘 우리 집에 릴리 놀러 오니?"

"아니, 릴리 바빠요."

"뭐 하는데?"

"카라랑 쇼핑해요."

엄마가 나를 힐끗 쳐다봤지만 나는 모른 척했다.

"그럼 클로이랑 엘리는?"

엄마가 밝은 목소리로 물었다.

"걔네도 바쁜 것 같아요."

"흠, 그렇담 방 청소나 하면 되겠구나."

"감사합니다, 어머니! 이런 큰 선물을 주시다니."

한껏 빈정대며 내가 대답했다.

잠시 뒤 엄마가 말했다.

"다음 주말에 친구들 모두 초대해서 캠핑 파티를 열까?"

"그냥 릴리나 부를게요."

"다 불러! 그럼 더 재밌을 거야."

엄마가 무슨 생각으로 이러는지 알 것 같아서 내가 말했다.

"카라는 초대 안 할래요."

"재즈, 그런 식으로 해결하면 안 돼. 카라도 불러."

"카라가 나한테 못되게 군단 말이에요. 엄마가 늘 그랬잖아요. 당당히 맞서서 남들이 함부로 굴지 못하게 하라고. 카라가 나한테서 릴리를 뺏어 갔는데도 그냥 지켜보기만 하면 그게 어떻게 '당당히 맞서는' 거예요?"

"릴리가 카라랑 친구 하고 싶다는데 왜 카라를 미워하니?"

매트 오빠가 말했다.

"제일 좋은 방법은 너도 카라랑 친구가 되는 거야."

엄마가 말했다.

"그건 불가능해요! 우린 서로 싫어한다고요!"

내가 소리를 꽥 질렀다.

"카라도 불러야 하면 캠핑 파티 안 할래요."

내가 못 박았다.

"알았어."

잠시 뜸을 들이더니 엄마가 말했다.

"새로 온 친구 나디마는 어때?"

"잘 지내는 것 같아요."

여전히 뿌루퉁한 기분으로 내가 대꾸했다.

"학교 끝나고 우리 집에 한번 놀러 오라고 해 봐."

"영어를 못 하는데 어떻게 물어봐요?"

내가 물었다.

"전혀 못 하니?"

"몇 마디밖에 못 해요."

"그럼 알아들을 수 있게 쉽게 말해 봐."

"그게 말처럼 쉬운 일이 아니라고요."

"에이, 한번 해 봐. 넌 문제 해결에는 선수잖아."

"나디마랑 친하지도 않은데 초대하면 부담스러울 수도 있어요."

"이 일로 더 친해질 수도 있어."

엄마가 포기하지 않으리란 걸 알 수 있었다.

"알았어요."

"월요일은 빼고 해라."

댄 오빠가 말했다. 월요일은 댄 오빠가 저녁 하는 날이기 때문이다. (오빠는 햄버거를 만든다.)

"화요일도 빼고 해라."

거스 오빠가 말했다. 물론 예상대로 거스 오빠가 저녁 담당인 날이다. (소시지와 으깬 감자가 나온다.)

"수요일도 안 돼."

매트 오빠도 덧붙였다. (메뉴는 스파게티다.)

"목요일도 빼는 게 좋을걸? 걔랑 잘 지낼 생각이라면 말이지. 식중독이 얼마나 괴로운데."

댄 오빠가 말했다.

"하하하. 엄청 재밌네."

내가 대꾸했다.

"괜찮으면 이번 주 금요일에 초대해."

엄마가 말했다.

"알았어요."

솔직히 잘하는 일인지 여전히 꺼림칙했지만 어쨌든 난 그러겠다고 했다.

10. 이모티콘 대화

아침 식사 후 나는 영어 숙제를 하려고 내 방으로 올라갔다. 하지만 숙제는 안 하고 금요일 저녁에 어떻게 나디마를 초대할까 생각해 보았다.

난독증 환자인 나는 도전을 즐긴다. 도전은 내 능력의 최대치를 끌어낸다. 참고로 말하자면, 유명 연예인 중에도 난독증 환자들이 무척 많다. 키아누 리브스, 키이라 나이틀리, 올랜도 블룸, 우피 골드버그, 톰 크루즈, 윈스턴 처칠……. (처칠이 연예인은 아니지만, 난 그런 줄 알았으니까 일단 넣는 것으로.)

이름을 더 댈 수도 있다. 난독증이 있다는 건 상류 클럽에 속한 것과 비슷하다.

다시 나디마를 초대하는 문제로 돌아가, 나는 휴대 전화를 들고 문자를 썼다 지웠다 여러 번 반복한 끝에 이렇게 보냈다.

🍴 금요일 ❓ 👍 👎

재즈

그리고 구글 지도에서 우리 집 주소 링크를 건 다음 보내기 단추를 눌렀다. 기막힌 방법이지? 난 천재인가 봐.

몇 분 뒤 나디마가 답장을 보냈다.

나디마

그때 문득 이런 생각이 머리를 스쳤다. 이모티콘은 누구나 읽을 수 있잖아!

그래서 나디마에게 이렇게 보냈다.

나디마가 대답했다.

그래서 나는 이렇게 보냈다.

그러자 나디마가 답했다.

책 읽는 거 좋아하냐고? 그럴 리가!!!

재즈

나디마

난 웃으며 답장을 보냈다.

재즈

나디마

재즈

나디마

나는 미소 지으며 이렇게 보냈다.

그러고는 또 이렇게 보냈다.

하하하!

끝내줬다. 왜 진작 이모티콘 쓸 생각을 못 했을까!

11. 쿠르드어

월요일 아침 교실로 들어서며 난 나디마를 만날 생각에 잔뜩 설렜다. 그런데 나디마는 쓰레기통에 엉덩이가 낀 리암을 끌어내느라 정신이 없었다. 반 아이들 모두가 웃기 바빠 리암을 도와주지 않았다. 특히 라이언이 제일 많이 웃었다. 리암을 구하러 나선 사람은 나디마뿐이었다.

"리암, 너 진짜 바보 같다!"

내가 웃으며 말했다.

나디마가 리암의 손을 끌어당겼고, 나는 쓰레기통을 꼭 붙잡았다.

"고마워, 나디마."

리암이 씩씩대며 말했다.

"어라? 나도 도왔거든?"

내가 말하자 리암이 한마디 덧붙였다.

"아, 재즈 너도."

하여간 남자들이란!

바로 그때 클로이가 교실로 헐레벌떡 들어오더니 초대장을 돌리기 시작했다.

"내 생일 때 영화 파티 할 거야."

"와!"

봉투를 찢으며 카라가 소리쳤다. 릴리와 다른 애들도 봉투를 열었는데 분홍색 반짝이가 사방에 흩날렸다.

"어머! 말한다는 걸 깜빡했네!"

클로이가 킥킥 웃었다.

"아휴, 너 정말."

릴리가 셔츠에 뒤집어쓴 반짝이를 툭툭 털며 웃었다.

난 일부러 초대장을 열어 보지 않았다. 나디마만 초대장을 못 받았기 때문에 혼자 소외된 기분이 들게 하긴 싫었다. 나디마가 애써 씩씩한 표정을 지었다.

카라가 초대장을 읽더니 불쑥 소리쳤다.

"안 돼! 나 못 가!"

"왜?"

클로이가 시무룩한 얼굴로 물었다.

"그날 아빠 집에 간단 말이야."

"아빠한테 데려다 달라 하면 안 돼?"

릴리가 물었다. 카라 아빠는 고작 몇 킬로미터 떨어진 곳에 산다.

"어떻게 그래? 난 2주일에 한 번밖에 아빠를 못 만난단 말이야."

카라가 소리치더니 클로이를 향해 황당하리만치 이기적인 말을
했다.

"다음 주에 하면 안 돼?"

"엄마가 주말에 일해서 미리 시간을 비워 놔야 해."

클로이가 난감한 목소리로 말했다.

"제발, 제발. 응?"

카라가 졸라 댔다. 그러더니 우스꽝스럽게도 비는 시늉을 했다.

"나만 빠지는 거 싫단 말이야, 제발!"

카라는 온 세상이 자기중심으로 돌아가길 바란다. 부모님이 이
혼한 탓에 제 인생이 얼마나 비참한지, 아빠를 2주에 한 번밖에
못 만나서 얼마나 보고 싶은지 만날 징징댄다. 난 심지어 아빠가
없다. 내가 태어난 후 바로 집을 나가 버려서 아빠 얼굴도 모른다.
그래도 난 그게 대단한 일인 양 떠들고 다니진 않는다. 그래서 내
가 말했다.

"클로이 엄마한테 쉬는 주말을 바꾸라 그러다니 너무한 거 아니
야? 몇 시간 영화 보러 가도 아빠가 별로 신경 안 쓰실 거야. 주말
내내 아빠를 못 보는 것도 아닌데, 뭐가 문제야?"

카라가 나를 향해 휙 돌아섰다.

"어떻게 그런 심한 말을 해? 내가 우리 아빠를 얼마나 보고 싶어 하는지 넌 상상도 못 할 거야."

그러더니 금방이라도 울음을 터뜨릴 듯 눈에 눈물이 그렁그렁 맺혔다. 하여간 호들갑은 알아줘야 한다.

그러자 릴리가 카라의 어깨를 감싸 안고 달랬다.

그리고 딱한 클로이는 이렇게 말할 수밖에 없었다.

"엄마한테 날짜 바꿀 수 있는지 물어볼게. 나도 모두 다 오는 게 좋아."

"고마워!"

클로이를 꼭 끌어안으며 카라가 말했다.

"클로이, 빠진 사람 말이 나왔으니까 하는 말인데……, 나디마도 부르면 어때?"

내가 조심스럽게 말했다.

"영화 파티인데? 나디마는 영화 내용을 못 알아듣잖아."

엘리가 말했다.

"그게 뭐? 나디마도 부르는 게 좋을 것 같아."

"남의 파티에 왜 네가 누구를 부르라 마라 난리야?"

카라가 말했다.

"난리는 무슨. 클로이한테 나디마도 초대하자고 부탁하는 거야."

내가 쌀쌀맞게 말했다.

어찌해야 할지 모르겠다는 듯 클로이가 카라를 바라봤다.

그런데 그때 릴리가 말했다.

"클로이, 영어를 못 해도 화면을 보면 나디마도 무슨 얘긴지 이해할 거야."

자기 이름이 들리자 나디마가 고개를 들었다. 그러자 모두 마음이 몹시 불편해졌다.

클로이가 말했다.

"좋아! 초대장 하나 더 만들어서 내일 가져올게."

"그럴 것 없이 내 초대장에 나디마 이름도 같이 쓰면 어때?"

내가 제안했다.

"와! 왜 그 생각을 못 했지?"

클로이가 웃었다.

('넌 난독증 환자가 아니어서 나처럼 문제 해결에 능숙하지 못한 거야.' 하고 속으로 말했다. 물론 입 밖으로 꺼내진 않았지만.)

클로이는 내 초대장을 도로 가져가서 봉투를 연 다음 (순간 분홍 반짝이가 사방에 날렸다.) '+나디마'라고 쓰고 이름 위에 하트를 그려서 나디마에게 내밀었다.

나디마는 초대장을 보더니 나를 바라보았다.

나디마도 자기 이름과 내 이름은 당연히 읽을 수 있을 터였다.

하지만 어디에 초대받았는지는 몰랐다.

나디마는 휴대 전화를 꺼내서 번역기로 내용을 확인하더니 온 얼굴이 환해지며 말했다.

"아하! 생일. 맞아?"

"맞아!"

모두가 한목소리로 외쳤다.

"잠깐! 잠깐! 휴대 전화 좀 줘 봐!"

나는 나디마에게서 휴대 전화를 건네받았다.

나디마가 구글 번역기를 썼으니까 어느 나라 말을 하는지 알 수 있을 거다!

이 계획의 유일한 문제는 나디마가 쓰는 언어 이름을 내가 못 읽는다는 거였다. 난생 처음 보는 단어였다. 아는 단어는 제법 잘 짐작하곤 하는데 이런 단어는 이제껏 본 적이 없었다.

전화기에는 이렇게 쓰여 있었다.

Kurdî?

나는 멍하니 단어를 바라보며 서 있었다.

그러자 카라가 내 손에서 휴대 전화를 휙 낚아챘다.

"야! 내가 보고 있었잖아!"

카라는 들은 척도 안 하고 단어를 읽었다.

"쿠르디가 뭐지?"

"쿠르디? 한 번도 못 들어 봤는데?"

클로이가 말했다.

"나도. 어느 나라에서 쓰는 말이야?"

엘리가 물었다.

"쿠르드어는 들어 봤는데. 잠깐! '쿠르드어'를 '쿠르디'라고 하나
봐!"

릴리가 말했다.

"그래, 영어를 잉글리시라고 하는 것처럼?"

클로이가 말했다.

모두가 킥킥 웃음을 터뜨렸다.

카라가 나디마를 향해 돌아서더니 농담이 아니라 진짜로 이렇
게 물었다.

"쿠르드어로 쿠르드어가 쿠르디야?"

"걔가 그걸 어떻게 알아들어!"

내가 큰 소리로 말했다.

"도와주려고 묻는 거잖아!"

카라가 쏘아붙였다.

"그렇게 말도 안 되는 질문을 하는 게 무슨 도움이 되니?"

"말도 안 되는 질문이라니! 너 딴 애들이 나디마랑 친해질까 봐 싫어서 그러지?"

카라가 내게 분통을 터뜨렸다

"그런 거 아니야!"

기가 막히고 코가 막혔다. 하지만 카라는 보란 듯이 홱 가 버렸다. 그러자 다른 애들도 카라를 따라갔다.

저 말고 딴 애들이 누구랑 친해지는 꼴을 못 보는 건 바로 카라다. 특히나 내가 릴리랑 친한 꼴을 말이다.

12. 연극 수업

　아침 조회 후 1교시는 연극 수업이어서 우리는 모두 터덜터덜 연습실로 향했다. 나는 나디마와 함께 멀찌감치 뒤떨어져서 걸었다. 카라한테 너무 화가 난 까닭이었다. 나디마는 나를 보고 웃으며 안타깝다는 듯 어깨를 들썩였다. 비록 말은 못 알아듣지만 분위기만으로 카라가 내게 성질부린 것쯤은 아는 게 분명했다.

　연습실로 들어가자마자 연극 선생님이 나디마에게 아는 척했다. 선생님은 그리 덩치가 크지는 않았지만 어마어마하게 커다랗고 알록달록한 카프탄드레스*를 입고 다녔다. 마치 다리 달린 서커스 천막 같았다. 게다가 쉴 새 없이 말을 했다.

　"네가 전학생이구나!"

　연극 선생님이 명랑하게 말했다.

*카프탄드레스 : 소매가 길고 낙낙한 치마. 터키나 아랍 지역의 옷에서 유래했다.

68

"잘도 알아봐."

릴리가 속닥거렸다. 나디마를 못 알아보기는 어려울 거다. 우리 반에서 히잡을 두른 애는 나디마뿐이니까.

"안녕, 안녕! 새 학생이 오다니 얼마나 신나는 일이야!"

선생님이 마구 말을 쏟아 냈다.

나디마가 나를 향해 깜짝 놀란 눈빛을 보냈다. 하지만 한창 얘기에 열중하고 있는 선생님을 피할 방법이 없었다.

"아주 딱 맞춰서 전학을 잘 왔구나. 오늘부터 진짜 재미난 새 과제를 시작하는데 둘씩 짝을 지어야 하거든."

연극 선생님은 쉬지 않고 말했다.

카라가 릴리에게 짝을 하자고 하는 모습이 곁눈으로 보였지만 그냥 못 본 척했다.

"그런데 학생 수가 홀수여서 누군가는 혼자 남거나 아니면 셋이서 한 조가 되어야 했거든."

선생님은 나디마를 바라보며 말을 이었다.

"그런데 마침 네가 전학을 와서 다들 둘씩 짝을 지을 수 있게 됐어. 이 얼마나 멋지고 아름다운 일이야? 환영한다. 잘 왔어! 그런데…… 미안, 이름이 뭐라고 했지?"

나디마의 눈길이 나에게로 스윽 미끄러졌다가 다시 연극 선생님을 향했다. 반 아이들 모두 웃음을 참느라 안간힘을 썼다.

"응?"

연극 선생님이 아리송한 눈빛으로 나디마를 바라보았다.

두 사람을 모두 구하기 위해 내가 나섰다.

"얘는 나디마예요. 영어를 잘 못 해요."

불쌍한 연극 선생님! 선생님의 환영 인사는 완벽한 시간 낭비였다. 이는 우리도 알고 선생님도 알았다. 연극 선생님의 얼굴이 시무룩해지자 아이들 모두 웃음을 터뜨렸다.

그리고 선생님이 장담한 '진짜 재미난 새 과제'는 진짜 따분한 스토리텔링 과제로 밝혀졌다. 우리는 남은 학기 내내 '상자'에 대한 이야기를 만들어 학기 말에는 아이들 앞에서 공연을 해야만 했다.

와, 이 얼마나 환상적인 일인가. 도대체 이런 생각은 어떻게 해 내는 걸까?

난 이야기를 안 좋아할뿐더러 연기는 더욱 싫어한다. 반 애들 앞에서 형편없는 이야기를 공연하느니 학기가 끝날 때까지 매일 구더기 튀김을 먹는 편이 낫겠다.

이미 아이들은 짝을 찾느라 정신이 없었다. 카라는 릴리와, 클로이는 엘리와 짝이 되었다. 그래서 난 나디마의 팔을 붙잡고 자리를 찾아 이끌었다. 우리는 지저분한 바닥에 책상다리를 하고 앉았다. 이야기의 기본 내용을 생각해 내야 하기 때문에 모든 아이들이 떠들며 무언가를 적었다.

내가 나디마를 쳐다보자, 나디마도 나를 바라보았다.

나디마는 뭘 해야 하는지 감도 못 잡고, 난 어떻게 설명해야 할지 감도 못 잡았다.

와, 이 얼마나 환상적인 일인가! 퍽이나.

연극 선생님은 돌아다니며 애들이 진짜 이야기를 구상하고 있는지, 남 험담을 하거나 문자를 보내거나 유튜브를 보지는 않는지 확인했다.

"잘 돼 가니?"

연극 선생님이 나디마와 나에게 물었다.

나디마가 예의 바르지만 멍한 눈빛으로 선생님을 바라봤다.

내가 숨을 깊이 들이마시고 말했다.

"그게 좀 어려워요. 말씀드렸다시피 나디마가 영어를 거의 못 하거든요."

"음, 마임*으로 설명하면 어때? 상상력을 발휘해 보렴."

선생님은 쾌활하게 말하고는 알록달록한 치마를 소용돌이치며 슈퍼스타 카라와 조연 릴리를 향해 휙 자리를 떴다.

참고로, 카라는 거의 태어나자마자부터 연극 클럽 활동을 했다. 소속사 같은 것도 있고, 지난 학기에는 텔레비전 광고도 찍었다.

---

*마임 : 대사 없이 표정과 몸짓만으로 내용을 전달하는 연극.

카펫 얼룩 제거제 광고에서 여우 주연상급 연기를 선보였다. 죽 늘어선 계단을 뛰어 올라가는 다리가 카라 다리다. (다음번에는 할리우드로 진출하려나? 음, 그땐 빨간 카펫 위를 뽐내며 걷겠지?)

나는 연극 선생님이 다른 아이들에게 갈 때까지 기다렸다가 '전문가'는 어떻게 하나 보려고 카라랑 릴리에게 슬그머니 다가갔다. 나디마가 우리 가방을 질질 끌며 내 뒤를 따라왔다.

"극적인 뭔가가 필요해."

카라는 멜로드라마처럼 아, 탄성을 내뱉고는 릴리를 향해 양손을 파닥거리며 계속 말했다.

"그 여자가 아기를 찾으면 어때? 눈밭에서 말이야!"

"그래, 그거 진짜 좋은 생각이다."

릴리가 고개를 끄덕였다.

"공중 화장실은 어때?"

내가 끼어들었다.

"화장실? 뭣 때문에 아기를 화장실에 버려?"

카라가 떽떽거렸다.

"남들이 찾기 쉬우라고. 게다가 얼어 죽을 가능성도 적고."

내가 대꾸했다. 내 입으로 말하긴 좀 그렇지만 엄청나게 논리적이지 않나?

"말도 안 돼. 이건 극적 스토리텔링이야. 막장 드라마가 아니라고!"

카라가 열을 냈다.

"너희는 어떤 이야기를 만들었어?"

릴리가 물었다.

"우린 아직 생각 못 했어."

"네가 아직 못 했겠지. 나디마가 할 수는 없으니. 안 그래?"

카라가 말했다.

자기 이름이 들리자 나디마가 고개를 들고 카라를 매서운 눈빛으로 쳐다봤다. 나디마는 거북하리만치 오랫동안 그런 눈길을 보냈다. 나디마, 파이팅! 당하고만 있을 애가 아니라는 걸 진작 알아봤다니까.

카라는 얼굴이 빨갛게 달아오르더니 이렇게 말했다.

"설마 우리 아이디어 슬쩍하러 여기 온 건 아니겠지?"

최선의 방어는 공격이라고 마음먹은 모양이었다.

쳇! 눈밭에서 아기 찾는 것보다 멋진 생각을 못 해내면 무척 곤란하겠다는 생각이 들었다.

"나 아이디어 많거든? 나디마도 분명 그럴 테고. 영어 못 한다고 바보는 아니니까."

"그런 말이 아니잖아."

릴리가 말했다.

"그래! 바보 소리는 네가 했지. 내가 아니라."

카라가 기고만장해서 말했다.

그러자 나디마가 팔짱을 끼고 카라와 릴리 모두를 따지는 듯한 눈초리로 째려보았다. 릴리는 금세 쩔쩔매는 표정이 되었다. 그때 종이 울렸다. 릴리는 내게 미안한 눈빛을 보내며 카라 뒤를 따라 갔다.

어쩌다 보니 릴리와 카라랑 또 다툰 셈이 돼 버렸다. 아, 이 얼마나 환상적인 일인가. 왜 자꾸 이런 일이 일어나는 걸까?

13. 거짓말

클로이 생일 파티 일로 카라가 초특급 멜로드라마를 찍고 난 다음, 기막힌 생각이 내 머리를 스쳤다. 주말에 카라가 아빠 집에 가서 없을 때 애들을 몽땅 우리 집으로 불러 캠핑 파티를 하는 것이다. 그러면 엄마도 카라를 빼놓았다고 잔소리 못 할 거다. 그리고 난 카라 없이 릴리랑 제대로 시간을 보낼 수 있을 테고.

천재적이지 않아?

나는 너무 티 나게 하기 싫어서 며칠 기다린 다음, 조회가 끝나고 수업 들으러 복도를 걸어가는 아이들에게 물었다.

"토요일에 우리 집에서 캠핑 파티 할 거야. 올 사람? 릴리?"

"와!"

릴리가 소리쳤다. 릴리는 캠핑을 무척 좋아한다.

"클로이랑 엘리는?"

둘 다 활짝 웃으며 고개를 끄덕끄덕했다.

나는 잠시 뜸을 들인 다음 물었다.

"카라는?"

"나 못 가는 거 알잖아. 아빠 집에 간다고."

"미안! 까맣게 잊어버렸네."

거짓말이었다. 카라가 '슬픈' 표정을 짓자 릴리가 힐끗 내게 눈길을 보냈다. 카라를 일부러 따돌렸다고 생각할까 봐 (사실이긴 하지만) 내가 말했다.

"아쉽지만 어쩔 수 없지."

카라가 약이 올라 씩씩거렸다. 작전이 성공했다고 속으로 좋아하고 있는데 카라가 불쑥 말했다.

"나디마는? 나디마는 초대 안 해?"

그러자 모두들 나디마를 쳐다보았고, 나디마는 나를 바라봤다.

순간 나는 끔찍한 기분이 되었다. 나디마는 금요일에 우리 집에 오기 때문에 초대할 생각을 못 했다. 솔직히 말하자면 말도 안 통하는 애들 한 무더기와 밤새도록 텐트 안에서 지내기 힘들 거라고 생각했다.

"와, 남들은 다 부르면서 면전에 두고 쏙 빼놓다니. 너 진짜 못됐다. 클로이한테는 나디마 초대하라고 그 난리를 부려 놓고."

카라가 말했다.

"일부러 안 부르는 거 아니야. 나디마는 금요일에 학교 끝나고 우리 집에 놀러 오기로 했단 말이야."

내가 꽥 소리를 지르고는 릴리 표정을 살폈다. 릴리는 깜짝 놀라더니 이내 속상한 표정을 지었다. 어처구니가 없었다. 자기는 나 빼고 카라랑 수없이 어울려 놓고서. 어쨌든 난 릴리를 속상하게 했고, 카라가 고소해할 빌미를 제공한 셈이다.

아, 환상적이야. 정말 환상적이야.

집으로 오는 버스에서 나는 릴리에게 문자 메시지를 보냈다.

✉ 나디마를 집에 초대했다는 말 안 해서 미안해.

✉ 뭐가? 난 상관없어.

✉ 나한테 화났어?

✉ 아니.

거짓말인 게 뻔했다. 이렇게 덧붙인 걸 보면.

✉ 일부러 카라 못 오는 날로 골라서 캠핑 파티 하는 거야?

✉ 아니야.

나도 거짓말했다. 릴리가 내 말을 믿지도 않겠지만. 나는 또 문자를 보냈다.

✉ 그래도 올 거지?

✉ 응.

릴리의 대답에 기분이 한결 나아져야 하는데 그렇지 않았다.

나디마에게 문자 메시지를 보내려 했지만 뭐라고 보내야 할지 난감했다. 캠핑 파티 한다는 걸 나디마가 알아들었는지 아닌지도 모르는데, 초대 안 해서 화났냐고 물을 순 없는 노릇이었다.

그냥 다 같이 친하게 지내는 일이 왜 이렇게 복잡한 걸까?

14. 어디서 왔니?

금요일이 되었다. 학교가 끝난 뒤 나디마와 함께 스쿨버스를 타고 집으로 왔다. 버스 안에서 다른 애들은 다들 웃고 떠들고 장난을 쳤다. 누군가 다른 아이의 필통을 던져 머리 위로 날아가자 나디마와 나는 고개를 얼른 숙였다. 아무 말 없이 한참을 앉아 있었더니 슬슬 멋쩍은 기분이 들었다.

나는 휴대 전화를 꺼내 나디마와 웃긴 동물 사진을 보았다. 스케이트보드를 타거나, 서핑을 하거나, 운전하는 모습이었다. 수상 스키를 타는 하마처럼 포토샵으로 조작한 게 뻔한 사진도 있었지만 무슨 상관이람? 정말 재미있었다! 눈물까지 흘리며 웃다 보니 벌써 집에 도착했다. 현관에 다다르자 엄마가 우리를 맞이했다. 특별히 일찍 퇴근한 모양이었다.

나디마는 쑥스러운 얼굴로 문 앞에 서 있었다. 이런 모습은 처음이었다.

"지나간다."

오빠 삼 형제는 나와 나디마 사이를 밀치며 긴 다리로 성큼성큼 계단을 두 칸씩 올라 2층 자기 방에 가방을 던졌다.

엄마가 나디마를 향해 환영의 미소를 보내며 말했다.

"안녕! 네가 나디마구나. 난 케이트, 재즈 엄마란다. 들어오렴."

그러자 나디마가 숨을 깊이 들이마시고 말했다.

"안녕하세요. 저는 나디마입니다. 만나서 정말 반가워요. 이렇게 아름다운 집에 초대해 주셔서 감사합니다."

마치 공식 연설 같았다. 몇 날 며칠은 연습한 것처럼 주르륵 쏟아져 나왔다. 정말 감동적이었다!

엄마는 "대환영입니다."라고 말하고는 나디마의 가방을 받아 들었다. 난 위층으로 나디마를 데리고 갔다.

나디마는 방 안에 있는 모든 물건을 가지고 '이건 뭐야?' 놀이를 하자고 했다. 나는 말하는 사전처럼 30분 동안 우두커니 서서 침대, 베개, 이불, 옷장, 책상, 의자, 포스터, 책, 옷, 운동화, 커튼 따위를 말해 주었다. 나디마는 물건을 가리키며 모든 단어를 신중하게 따라 했다. 단어에 관해서라면 나디마는 정말 스펀지 같았다. 나디마의 머리가 터지지 않는 게 놀라울 따름이었다.

그러다가 나디마는 내게 쿠르드어를 배워야 한다고 했다. 진심이야?

"내가 쿠르드어 가르쳐."

나디마가 말했다.

"난 배우기 싫어."

내가 대꾸했다.

하지만 나디마는 고집을 부렸다.

"아니, 배워."

내가 웃으며 말했다.

"내가 쿠르드어를 뭐 하러 배워? 난 갈 일도 없는……."

난 말을 하다 말았다. 나디마가 어디에서 왔는지 모르는 탓이었다.

"어, 그러니까 너희 나라엔 갈 일이 없으니까."

궁색하게 말을 맺고는 내가 물었다.

"그런데 나디마, 너 어디서 왔어?"

나디마가 고개를 젓기에 내 말이 무슨 뜻인지 모른다고 생각했다. 그래서 천천히 다른 말로 물어보았다.

"너 고향이 어디야?"

하지만 나디마는 어깨를 으쓱하며 다시 고개를 저었다. 난 묻는 걸 포기했다.

우리는 방 안에 있는 모든 물건을 가지고 '이건 뭐야?' 놀이를 다시 시작했다. 이번엔 쿠르드어로 했다. 내가 쿠르드어 단어를 따라 할 때마다 나디마는 깔깔대며 데굴데굴 굴렀다. 흥! 무슨 친구가 이래.

그때 엄마가 저녁 식사를 하라고 불렀다.

여느 때와 마찬가지로 오빠 삼 형제가 코뿔소 떼처럼 우르르 부엌으로 몰려 들어왔다. 거스 오빠가 매트 오빠 앞을 딱 가로막으며 제일 먼저 앉았다.

"비켜!"

매트 오빠가 거스 오빠를 한쪽으로 밀치며 그 위를 타 넘어 자리에 앉았다. 댄 오빠는 늘 그렇듯 식탁 밑 지름길을 통해 자기 의자로 기어갔다.

"으악!"

댄 오빠가 옆에서 불쑥 튀어나오자 나디마가 화들짝 놀라 소리쳤다.

"실례합니다!"

오빠는 쾌활하게 말하며 의자에 앉았다.

엄마는 이 아수라장에도 아랑곳하지 않았다. 하지만 나디마는 충격을 받은 눈치였다. 난 민망했다. 나디마네 식구들은 분명 훨씬 점잖게 행동할 텐데.

"피자 좋아했으면 좋겠네."

큼지막한 피자 몇 판을 식탁에 내려놓으며 엄마가 말했다.

"와! 피자 좋아해요!"

나디마의 얼굴이 환하게 빛났다.

엄마는 나디마를 초대했으니 대화를 해야 한다고 단단히 마음 먹은 모양이었다.

"나디마, 여기는 댄, 거스 그리고 매트란다."

오빠들을 가리키며 엄마가 말했다.

나디마는 당황한 듯 우스꽝스럽게 얼굴을 살짝 찡그렸다. 그도 그럴 것이 오빠들은 모두 생긴 게 판박이였다. 릴리 부모님처럼 우리 가족을 잘 아는 사람들조차 헷갈렸다.

그래서 나는 오빠들 이름을 포스트잇에 써서 이마에 붙여 놓았다. 기발한 생각이지?

아니나 다를까 오빠들은 신이 나서 메모를 마구 바꿔 붙였다.

거스 오빠가 댄 오빠에게 매트 오빠 이름을 붙이고, 댄 오빠 것은 매트 오빠에게 붙였다.

"어, 그거 내 거야."

매트 오빠가 소리치며 거스 오빠 이마의 메모를 확 뜯어서 자기 이마에 붙였다.

"아니야, 이게 형 거지!"

댄 오빠 이름을 다시 매트 오빠에게 붙이며 거스 오빠가 말했다.

나디마는 혼이 나간 얼굴이었다.

"아니지, 그게 내 거라니까."

매트 오빠 이마에서 거스라고 쓴 메모를 뜯으며 댄 오빠가 말했다.

이제 오빠들은 모두 남의 이름을 붙이고 있었다.

"이러면 아무 도움이 안 되잖아!"

내가 소리쳤다.

엄마가 눈을 흘기며 말했다.

"얘들아! 재즈 말 좀 듣자."

하지만 댄 오빠는 포스트잇에 '멍청이'라고 쓴 다음 내 이마에 탁 붙였다.

"오빠!"

나도 지지 않고 포스트잇에 '돌대가리'라고 쓴 다음 댄 오빠 이마에 붙였다.

"돈대가리가 뭐냐?"

댄 오빠가 코웃음을 쳤다.

"재미없어, 댄."

엄마가 째려보며 경고했다.

"맞아요, 엄마."

거스 오빠가 맞장구치더니 이렇게 덧붙였다.

"똥싸개 방귀 대장 정도는 돼야 웃기죠!"

댄 오빠가 풉 하고 웃음을 터뜨렸다.

"제발, 철 좀 들어!"

내가 말했다.

엄마가 나디마를 보더니 말했다.

"하여간 남자들이란!"

"네, 하여간 남자들이란!"

나디마도 웃으며 말했다.

엄마가 깜짝 놀란 눈으로 나를 바라보더니 웃음을 터뜨렸다.

"우리가 처음 만난 날 내가 가르쳐 줬어요."

"아마 아주 요긴할 거야."

엄마가 웃었다.

순간 오빠 삼 형제가 항의하듯 "우우—!" 소리를 질렀다.

나디마는 농담한 게 무척 뿌듯한 모양인지 씩 웃었다.

슬슬 상황이 진정되자 엄마가 나디마를 보며 물었다.

"그런데 넌 어디서 왔니?"

얼굴에서 웃음기가 가시며 나디마가 살짝 인상을 찌푸렸다. 나디마는 대답이 없었다. 그러자 거스 오빠가 식탁 끝에 있는 컴퓨터에서 세계 지도를 열었다.

15. 나디마의 고향

"우리는 여기 영국에 살아."

거스 오빠가 화면에서 영국을 가리키며 또박또박 말했다.

"넌… 어디에… 살았어?"

오빠는 천천히 물으며 컴퓨터를 나디마 쪽으로 슬쩍 밀었다. 모두 기대에 찬 눈으로 나디마를 바라보았다. 나디마는 분명 오빠 말을 알아들은 것 같았다. 지도를 빤히 바라보며 눈을 몇 번 깜빡이더니 마른침을 꿀꺽 삼켰다.

문득 말하기 싫은 게 아닐까 하는 생각이 머리를 스쳤다. 하지만 그때 나디마가 지도를 가리키며 말했다.

"시리아."

누군가 모두에게 찬물을 한 양동이 끼얹은 것 같았다. 우리 집 식탁이 이렇게 조용한 건 처음이었다.

"시리아?"

엄마가 애써 아무렇지 않은 듯 말했다.

하지만 나디마의 얼굴은 딱딱하게 굳어서 금방이라도 눈물을 쏟을 것만 같았다.

뉴스에서 시리아 모습을 본 적이 있다. 음, 다들 봤을 거다. 무너진 건물과 다치고 죽은 수많은 사람들. 그 가운데 어린아이들도 있었다. 끔찍해 보였다. 아니, 끔찍했다. 그런데 내 곁에 그런 일을 겪은 진짜 시리아 사람이 있다니!

난 무슨 말을 해야 할지 알 수가 없었다. 우리 가족 모두 다 그랬다. 그때 엄마가 나디마에게 조심스레 말했다.

"상황이 나빠 보이더구나."

엄마는 나디마가 무슨 말이라도 꺼내길 기다렸다. 하지만 나디마는 접시만 내려다볼 뿐이었다.

"네가 이곳에 안전하게 와서 다행이야."

지독하게 불편한 침묵을 깨며 엄마가 말했다.

"재즈, 나디마랑 같이 방에 가서 먹을래?"

엄마가 피자 몇 조각을 접시에 담아 내게 건네며 말했다.

나는 나디마의 손을 잡고 식탁에서 일어났다.

"괜찮아?"

위층으로 올라와 문을 닫으며 내가 물었다.

나디마는 아무 대답도 안 했다.

우리는 침대에 등을 기대고 바닥에 앉아 피자를 먹었다.

잠시 뒤 내가 말했다.

"고향에서 많이 힘들었지?"

나디마가 고개를 끄덕끄덕했다.

"어땠어?"

나디마는 고개를 저었다.

우리는 아무 말도 하지 않고 피자를 먹으며 그냥 함께 앉아 있었다. 난 나디마와 나디마네 가족이 멀고 먼 시리아에서 여기까지 어떻게 왔는지 궁금증이 일었다. 뉴스에서는 배를 타고 트럭에 숨고 몇 날 며칠을 쉬지 않고 걸어가는 난민의 모습이 가득했다.

얼마 뒤 내가 물었다.

"영국에는 어떻게 왔어?"

꼬치꼬치 캐묻는 투는 아니었다. 적어도 내 생각엔 그랬다.

나디마는 다시 고개를 저었다.

그래서 나도 그만뒀다.

어쩌면 오는 길이 너무 힘들어서 떠올리기 싫을 수도 있다는 생각이 들었다. 그러다 정말 소름 끼치는 생각이 머리를 스쳤다. 무슨 끔찍한 일이 벌어졌던 건 아닐까? 나는 나디마를 바라보았다. 나디마는 그저 조용히 피자를 먹을 뿐이었다.

16. 약속

다음 날 아침 나디마 생각이 자꾸만 머릿속을 맴돌았다. 나디마가 어디서 왔는지 알게 된 것은 충격적이었다. 그리고 아는 사람이 나뿐이라는 사실에 기분이 묘했다. 릴리한테 얘기할까 하는 생각이 들었다. 릴리와 난 캠핑 파티에 필요한 물건을 함께 사러 가기로 해서 거의 온종일 함께 지낼 예정이었다. 단둘이서.

릴리랑 내가 뭔가를 같이 한 지 몇만 년은 됐기에 난 무척 기대됐다. (우연을 가장한 고의로) 카라를 따돌렸으니 릴리가 내게 뾰로통하지는 않을까 살짝 걱정스럽기도 했다. 그런데 카라 빼고 릴리만 초대한다고 해서 뭐가 문제지? 카라가 릴리를 알기 훨씬 전부터 릴리는 내 친구였다. 게다가 카라랑 릴리는 나를 따돌리면서 두 번 생각하는 일도 없는데 말이다.

난 절대 애들을 일부러 따돌리는 법이 없다. 어, 그러니까 보통은 안 그런다. 다시 나디마 생각이 났다. 그러자 참담한 기분이 들었다. 나디마를 캠핑 파티에 초대했어야 했다. 그냥 나디마가 없으면 더 나을 것 같은 생각에 나디마를 따돌리다니 난 정말 못됐다. 엄마가 어디에서 왔냐고 물었을 때 입을 다물던 나디마의 모습이 떠올랐다. 어떤 일을 겪었는지 말하기 싫어하던 모습도. 틀림없이 끔찍한 일을 겪었을 거다. 나디마를 따돌리는 것이 아니라 친절하게 대해 주고 상황이 좋아지도록 애써야 한다.

릴리 부모님이 릴리를 데려다주러 왔다가 엄마와 커피를 마셨다. 나는 부엌으로 내려가 인사했다. 릴리 아빠가 여느 때처럼 나를 꼭 안아 주었다. 보통 다른 친구 아빠들은 이렇게 안아 주지 않는다. 하긴 릴리네와는 아주 오래전부터 알았으니까.

"이게 얼마 만이냐! 그동안 어떻게 지냈어?"

릴리 엄마가 큰 소리로 말했다.

"딱 봐도 무럭무럭 자라고 있는데, 뭘 물어봐."

릴리 아빠가 웃으며 말했다.

난 릴리 부모님이 참 좋다. 두 분은 진짜 재미있고 뭐든지 같이 한다. 아마도 돌봐야 할 아이가 릴리 하나이기 때문일 거다. 그래서 모든 일이 릴리를 중심으로 돌아간다.

"이따가 야식이 계획돼 있다는 소릴 들었는데."

릴리 아빠가 지갑에서 10파운드짜리 지폐를 꺼내며 말했다.

"꼬마 당근하고 에너지바 또 과일 살 돈 안 필요한가?"

짐짓 딱딱한 얼굴로 릴리 아빠가 물었다.

"안 필요한데요. 하지만 마시멜로랑 초콜릿이랑 감자칩 살 돈은 필요해요!"

릴리가 냉큼 지폐를 낚아채며 말했다.

"감사합니다!"

쇼핑 준비를 하러 방으로 뛰어 올라가며 내가 소리쳤다.

릴리와 내가 시내로 출발할 때까지 엄마와 릴리 부모님은 부엌에서 이야기를 나누었다. 예전 모습을 보는 것 같았다.

릴리와 나는 시내 슈퍼마켓의 무인 계산대에 서서 빠뜨린 건 없는지 확인했다.

"마시멜로?"

릴리가 물었다.

"확인!"

"감자칩?"

"확인!"

"콜라?"

"확인!"

"팝콘?"

"확인!"

"초콜릿?"

"이중 확인!"

내가 웃으며 말했다. 초콜릿 바를 두 개 샀기 때문이다. 릴리가 좋아하는 쿠키 앤 크림 맛과 내가 좋아하는 캐러멜 맛으로.

"빠뜨린 것 없이 다 샀어."

우리는 간식을 비닐봉지에 담은 뒤 옷가게를 둘러보러 나섰다. 릴리와 나는 자매처럼 항상 옷을 바꿔 입었다. 그래서 서로에게 딱 어울릴 만한 옷을 계속 찾아 주었다. 윗옷과 치마를 백 벌은 입어 봤다. 둘 다 돈이 없어 아무것도 사지는 않았지만.

정말이지 중고 판매 사이트를 반드시 만들어서 운영하고야 말 테다. 돈 없는 건 지긋지긋하다. 난 릴리에게 웹 사이트 얘기를 했다.

"세상에! 끝내주는 생각이야. 나도 이용할래! 나 팔 물건 진짜 많아. 우리 엄만 그냥 다 중고 가게에 기부해 버리거든."

"안 돼! 이제부터라도 기부 못 하시게 해. 내가 중고 판매 사이트를 만들 때까지 다 모아 두라 그래."

릴리가 까르르 웃었다.

어느덧 날씨는 습한 데다 비닐봉지 손잡이는 손을 파고들었고, 우리 몸은 지칠 대로 지쳤다.

"클로이 생일 선물이나 사서 집에 가자."

내 말에 릴리가 물었다.

"뭘 사면 좋을까?"

클로이는 고양이라면 자다가도 벌떡 일어난다. 그래서 난 아까 본 고양이 코와 수염 그림이 있는 분홍색 티셔츠를 사자고 했다.

"그래! 클로이가 진짜 좋아할 거야. 어디서 봤어?"

"기억 안 나……"

나는 한숨을 쉬었다. 우리는 함께 웃음을 터뜨렸다. 릴리가 내게 팔짱을 끼자 우리는 티셔츠 사냥을 나섰다. 그때 릴리의 휴대전화가 울렸다. 카라였다.

릴리는 내게서 고개를 돌리고는 카라와 통화했다.

"재즈랑 쇼핑하고 있어."

카라가 눈치껏 전화를 끊을 거라 생각했겠지? 천만에. 카라는 지금껏 갔던 상점들을 전부 다시 돌아보고 내가 티셔츠 옷걸이를 샅샅이 뒤져 고양이 티셔츠를 찾아내는 동안 거의 30분을 떠들어 댔다. 흥! 적당히 하고 일분일초가 그렇게 소중한 주말 시간을 아빠한테나 쏟을 것이지.

고양이 티셔츠는 20파운드였다. 나 혼자 감당하기엔 큰 액수였다. 그래서 난 멀뚱히 서서 릴리가 통화를 끝내기만 기다렸다.

결국 내가 시계를 가리키며 인상을 찌푸렸다.

"카라, 이제 끊어야 해. 이따 전화할게."

릴리가 그제야 전화를 끊었다.

"카라가 좀 속상해해. 아빠랑 싸웠대."

전화를 가방에 넣으며 릴리가 말했다.

난 안타까운 표정을 지으려 했다. 아니 그런 척하려고 했다. 그때 내가 티셔츠를 찾은 걸 릴리가 알아챘다.

"와! 클로이한테 딱 어울려!"

난 풀 죽은 얼굴로 말했다.

"알아. 근데 너무 비싸."

"얼마나 비싼데?"

"10파운드 모자라."

"우리 같이 사자! 너랑 나랑 함께 선물하는 걸로 하면 되지."

우리는 전에도 종종 그렇게 하곤 했다. 난 활짝 웃으며 릴리를 끌어안았다. 릴리랑 내가 함께 클로이에게 선물하면 카라가 얼마나 샘을 낼지 1부터 10까지 점수를 매긴다면 몇 점일까? 내 생각엔 11점이다.

집으로 가는 버스를 타려고 정류장 쪽으로 걸어가는데 갑자기 저쪽 모퉁이에 버스가 나타났다.

"릴리! 버스 왔어!"

내가 외쳤다.

우리는 비닐봉지를 다리에 탕탕 부딪치며 정신없이 달렸다. 릴리와 난 가까스로 버스에 올라 숨을 헐떡이며 깔깔댔다.

바로 그때 릴리의 전화가 울렸다. 또 카라였다.

"네가 나랑 같이 있으니까 샘나서 전화하는 거야."

내가 말했다.

"그런 거 아니야. 속상해서 그래. 아빠랑 싸웠다잖아."

릴리가 말했다.

릴리는 전화를 받지 않고 도로 주머니에 넣었다. 우리는 잠시 아무 말이 없었다. 얼마나 지났을까 릴리가 입을 열었다.

"재즈, 사실 카라 정말 착해. 지내보면 너도 좋아할 거야."

속으로 '나 카라 잘 알아. 그래서 싫어하는 거야.'라고 말했지만 거짓말을 했다.

"나 카라 안 싫어해. 카라가 날 싫어하지. 카라는 네가 나랑 친하게 지내는 것도 싫어하잖아."

"너 내가 카라랑 친한 게 마음에 안 들지, 그치?"

난 대답을 안 했다.

"있잖아, 난 네가 나디마랑 친하게 지내도 아무렇지 않아."

"그거랑은 다르지. 나디마는 친구가 없잖아. 그래서 친절하게 대하고, 적응할 수 있게 도와주는 거라고. 그리고 나랑 너랑 나디마랑 다 같이 친하게 지내도 뭐라 할 사람 없잖아."

"너랑 나랑 카라랑 다 같이 친하게 지내도 뭐라 할 사람 없어.

너만 빼고."

"말도 안 돼!"

"뭐가 말이 안 돼. 넌 처음부터 카라를 싫어했잖아."

나는 팔짱을 끼고 의자에 털썩 몸을 파묻었다.

"내 말은 카라랑 한번 잘 지내보라는 거야."

릴리가 부탁했다.

"알았어."

릴리는 한숨을 푹 내쉬고는 창밖을 내다봤다. 내 대답이 진심이
아니란 걸 릴리는 알고 있었다. 난 릴리와 눈을 마주쳐 보려 했지
만 릴리는 눈길 한번 안 주고 창밖만 바라봤다.

그래서 난 가까이 몸을 기대며 말했다.

"알았어, 릴리. 진짜 알았다고."

이번엔 나도 말뿐은 아니었다. 릴리를 봐서라도 카라에게 잘 대
해 주려고 노력할 작정이었다.

릴리가 돌아보며 미소 지었다.

"고마워, 재즈."

기쁨의 미소라기보다는 안도의 미소 같았다.

17. 캠핑 파티

집에 도착하니 거스 오빠와 댄 오빠가 뒷마당에 파란 텐트를 치고 있었다. 양쪽에 침실이 하나씩 있고 가운데 거실 공간이 있는 커다란 텐트였다. 릴리와 나는 텐트 한쪽 방에 침낭과 베개를 갖다 놓은 다음, 장 본 것들을 내려놓고 거실 소파에서 쿠션을 전부 가져다 가운데 거실 공간에 던졌다. 그런 다음 담장을 따라 실외용 크리스마스 꼬마전구를 매달고 잼 병에 작은 초를 넣어 마당 탁자 위에 놓았다. 해가 지고 나면 마법이 펼쳐질 것이다.

매트 오빠는 바비큐 그릴 옆 탁자에 햄버거와 소시지를 집채만큼 쌓고 있었다.

"도와줄까?"

릴리가 매트 오빠에게 물었다.

"저리 가. 이건 남자 음식이야!"

커다란 바비큐 집게를 휘두르며 매트 오빠가 장난쳤다.

릴리는 꺅 소리를 지르며 멀찌감치 피했다. 릴리는 오빠 삼 형제가 놀리는 걸 무척 재미있어한다.

클로이와 엘리가 저녁 시간에 딱 맞춰 도착했다. 우리는 햄버거와 핫도그를 텐트로 들고 들어갔다. 그러고는 쿠션을 깔고 누워 해 저무는 하늘을 바라봤다. 촛불에 불을 붙이고 꼬마전구도 켜 두었지만 아직 밖이 밝아서 잘 보이지 않았다.

카라가 릴리에게 전화하지 않을까 하는 생각이 내 머릿속을 떠나지 않았다. 전화는 오지 않았지만 불안해서 결국 난 모두 휴대전화를 끄고 수다를 떨자고 했다. (꽤 참신한 생각이지?) 우리는 이 얘기 저 얘기 별별 얘기를 다 했다. 한참 수다를 떨다가 나디마 얘기가 나왔다.

"나디마 어때?"

클로이가 물었다.

"착해."

내가 대꾸했다.

"나디마랑 별로 말도 안 나눠 봤으면서 그걸 어떻게 알아?"

엘리가 말했다.

"난 나디마랑 거의 한마디도 안 해 봤어. 하기 싫어서 그러는 게 아니라 그냥 무슨 말을 해야 할지 모르겠어."

클로이가 말했다.

"그냥 우리랑 똑같아. 아무 얘기나 하면 돼."

내가 말했다.

"어떤 얘기? 나디마에 대해선 아는 게 없어."

릴리가 말했다.

"나디마는 뭘 좋아해?"

클로이가 물었다.

"형제자매는 있대?"

엘리가 덧붙였다.

"뭐 하며 노는 걸 좋아해?"

릴리도 물었다.

그제야 난 나디마에 대해 아무것도 모른다는 사실을 깨달았다.

물론 나디마가 어디서 왔는지는 안다. 하지만 왠지 다른 애들한
테 말하면 안 될 것 같았다. 릴리에게 조차도. 나디마 얘기는 나디
마가 직접 하게 둬야 할 것 같았다.

"그 두건은 만날 써야 하는 거래?"

클로이가 불쑥 물었다.

"나도 몰라. 내가 두건 전문가라도 되나?"

내가 큰 소리로 대꾸했다.

"어제 너희 집에 올 때도 쓰고 왔어?"

엘리가 물었다.

"응……."

"그럼 그런 모양이네."

릴리가 말했다.

"아니면 주변에 남자들이 있을 때만 쓰는 걸지도 몰라."

엘리가 넘겨짚었다.

"내 생일 파티에도 쓰고 올 것 같아?"

클로이가 물었다.

"아마도. 그런데 왜 두건 가지고 이 난리들이야?"

"난리가 아니라, 우리는 안 쓰는데 나디마는 쓰니까."

엘리가 말했다.

"그게 뭐? 그래도 우리랑 다를 거 없어."

내가 말했다.

"다르다는 말 안 했어."

릴리가 말했다.

"우리랑 다른 점 말고 같은 점을 생각해야 한다고!"

잘난 척하는 투로 말이 튀어나오자 릴리가 나를 향해 눈을 부릅떴다.

그때 클로이가 말했다.

"나디마가 영화 보러 가서 괜찮았으면 좋겠다."

"안 괜찮을 이유가 뭐야?"

내가 묻자 릴리가 말했다.

"나디마는 영어를 잘 못 하니까……."

"그래, 위급 상황이라도 생기면 어떡해."

엘리의 말에 나는 푸하하 웃음을 터뜨렸다.

"엘리, 우리 영화 보러 가는 거야. 스카이다이빙 하는 게 아니라. 뭐가 그렇게 걱정돼? 팝콘이나 슬러시 기계에서 무시무시한 화산 폭발이라도 일어날까 봐?"

다들 깔깔대며 웃었다. 웃겨서이기도 했지만 텐트 안을 가득 메운 긴장감을 누그러뜨리기 위해서였다.

하지만 실은 나도 불안했다. 영화관에서 무슨 일이 생기면 어떡하지? 불이라도 나면 말이다. 나디마는 무슨 일인지 이해를 못 할 테고, 난 어떻게 해야 할지 설명도 못 할 텐데. 물론 나디마가 '내 책임'이 아니란 건 안다. 그렇지만 내가 나디마를 좀 더 아니까 내가 돌봐 줘야 할 것 같은 생각이 들었다.

그러자 나디마를 캠핑 파티에 초대 안 한 사실에 다시 마음이 무거워졌다. 지금 함께 있다면 텐트에 누워 함박웃음을 지을 텐데…….

하지만 난 나디마를 따돌렸고, 나디마는 아마도 쓸쓸하고 비참한 마음으로 집에 있을 거다.

알고 보니 난 참 형편없는 친구였다.

2부
나디마네 가족

18. 수학 경시대회

월요일에 교실로 들어가자 나디마가 여느 때처럼 환한 미소로 나를 반겼다. 난 나디마가 다른 애들에게 캠핑 파티 얘기를 듣고 화가 나지는 않았을까 걱정되었다. 하지만 나디마는 이렇게 말할 뿐이었다.

"안녕, 재즈. 금요일에 당신의 집에 초대해 주어서 감사합니다. 정말 재미있었습니다."

나도 나디마를 향해 웃으며 공식적인 말투로 대답했다.

"천만에요. 와 주셔서 감사합니다."

그러고는 아무도 특히 카라가 캠핑 파티 얘기를 안 꺼내길 마음속으로 빌었다. 그런데 그런 걱정은 접어 둬도 될 것 같았다. 카라는 자기가 얼마나 끔찍한 주말을 보냈는지 모두에게 털어놓느라 여념이 없었다. 우리는 카라가 아빠랑 말다툼한 얘기를 시시콜콜 들어야 했다. 카라는 주변에 아이들을 둥그렇게 모아 놓고 책상에

걸터앉아 마치 연기하듯 머리칼을 뒤로 찰랑 넘겼다.

"너무 비참했어."

카라가 내뱉었다.

"아빠랑 인터넷으로 영화를 보려고 했거든. 그래서 내가 하나 골랐는데 15세 관람가였어. 그랬더니 아빠가 난 어려서 안 된다는 거야. 근데 사실 그 영화 벌써 봤다고 했더니 아빠가 노발대발하는 거야. 누가 그 영화를 보게 허락했냐고 해서. 엄마라고 했더니 엄마도 함께 봤냐고 묻더라고. 그래서 아니라고 했지. 왜냐면 난 꼬맹이들 때문에 거실 말고 내 방에서 영화를 보거든. 그랬더니 아빠가 불같이 화를 내면서 엄마가 나보다 의붓자식을 더 중요하게 생각한다는 거야. 그러더니 엄마한테 전화를 걸어서 고래고래 소리를 질렀어."

카라는 팔을 뻗어 릴리에게 안아 달라는 신호를 보냈다.

"세상에, 카라. 너무 끔찍해."

카라를 팔로 감싸며 릴리가 말했다.

클로이와 엘리는 안됐다는 표정을 지으며 서성댔다.

"난 내 인생이 싫어."

카라가 드라마 대사처럼 외쳤다.

난 말문이 막혔다. 솔직히 말해 카라의 드라마는 나디마가 시리아에서 겪었을 일에 비하면 아무것도 아니었다. 그래도 나디마는 자기 인생이 얼마나 비참한지 떠들고 다니면서 애들 다 보는 데서 울고불고하지는 않는다. 하지만 난 카라와 잘 지내보겠다고 릴리랑 약속했기에 애써 안타까운 표정을 지었다. 정말 힘들어서 죽을 뻔했다.

어쨌거나 카라의 눈물겨운 이야기가 끝나 갈 때쯤 담임 선생님이 들어와 순식간에 모든 아이들의 하루를 망쳐 버릴 끔찍한 말을 했다.

"당연히 다들 기억하고 있겠지만, 드디어 여러분이 눈 빠지게 기다리던 전교 수학 경시대회가 오늘 실시됩니다."

순간 괴로워하는 소리가 터져 나왔다. 모두 까맣게 잊고 있었던 것이다. 어떻게 그런 걸 기억한담.

"종이 울리면 필통과 계산기를 챙겨서 강당으로 갑니다."

파도치듯 여기저기서 손이 솟아올랐다.

"선생님! 계산기 없는데요!"

반 아이들 절반가량이 소리쳤다.

"어이쿠, 저런! 그럼 머리를 써야겠네."

선생님이 웃으며 말했다.

아, 이 얼마나 환상적인 일인가. 수학 문제 풀다 죽다니.

정말이지, 이런 건 법으로 금지해야 한다.

7학년 전체가 인간이 낼 수 있는 가장 느린 속도로 꾸물꾸물

강당으로 향했다. 달팽이도 이보단 빨랐던 것 같다. 우리는 네 명씩 모둠을 짜서 책상에 앉았다. 카라와 릴리는 냉큼 엘리와 클로이랑 짝을 지었다. 할 수 없이 나랑 나디마는 라이언, 리암과 한 모둠이 되었다. 사실 난 수학을 제법 잘한다. 엄청나게 성공한 백만장자 사업가가 돼서 어마어마하게 많은 돈을 처리하려면 수학이 필요하다.

라이언과 리암으로 말하자면 우리 반 웃음 담당은 확실하지만 수학과는 거리가 멀었다.

나는 한숨을 내쉬며 시험지를 끌어당겨 문제를 풀기 시작했다. 그런데 나디마가 가만히 들여다보더니 갑자기 시험지를 가리키며 말했다.

"아니야, 재즈. 이거 21이야. 18 아니야."

그리고는 내 펜을 가져가서 찬찬히 다시 합계를 냈다. 그리고 결과는? 나디마가 맞았다.

우리는 수학 경시대회에서 만점을 받았다. 학교 최고 기록이었다! 자랑이 아니라 그냥 알려 주는 거다. (사실, 자랑이지만.) 메달을 받으러 올라가며 난 카라를 쳐다보지 않으려 (아주) 살짝 애썼다. 나디마는 너무 신이 나서 흥분 상태였다. 한시도 쉬지 않고 연신 떠들어 댔다.

"나 기뻐. 엄마 기뻐. 아빠 기뻐!"

그리고 온종일 얼굴에서 미소가 떠나지 않았다.

실은 나도 엄마한테 말하고 싶어서 입이 근질근질했다. 그리고 이번엔 나디마에게 뭔가 도움이 되는 일을 해서 정말 기뻤다.

오빠들은 내가 메달을 받아 오자 놀려 대느라 바빴다. 엄마가 집에 돌아오자 매트 오빠가 엄마를 한쪽으로 데리고 가 정색하고 말했다.

"재즈랑 얘기 좀 하셔야 할 것 같아요. 재즈가 메달을 훔친 것 같아요."

"아니라니까! 수학 경시대회에서 내가 받은 거예요."

내가 웃으며 말했다.

그 순간 댄 오빠와 거스 오빠가 미친 사람처럼 으하하하 가짜 웃음을 터뜨렸다.

"그만해, 남자들!"

엄마가 나를 꼭 끌어안으며 말했다.

"잘했어, 우리 강아지! 말해 봐, 남자들. 지금까지 우리 집에서 수학 메달 받아 온 사람 있어?"

당연히 없고말고.

그러더니 엄마는 복도 거울 한쪽에 오빠들 메달과 함께 내 메달을 걸었다. 끝내주게 멋졌다!

수학 경시대회에서 상을 타자 나디마네 부모님은 내가 나디마에

게 좋은 영향을 끼쳤다고 여긴 모양이었다. 그날 저녁 늦게 나디마
에게 문자가 왔다.

🍴❓👍👎❓

금요일
우리 집

나는 답장을 보냈다.

좋아! ㅋㅋㅋ.

19. 나디마네 가족

나디마와 함께 나디마네 집으로 향하는데 불쑥 긴장이 됐다.
평소에는 새로운 사람을 만난다고 걱정하지 않는다. 그런데 나디
마네 가족이 영어를 어느 정도 하는지 알 수 없었다. 더구나 나는
쿠르드어를 전혀 모른다. 저녁 내내 서로 멀뚱멀뚱 쳐다보기만 하
면 어쩌지? 그럼 얼마나 민망할까?

대문이 열렸다. 한 아주머니가 나를 향해 활짝 웃으며 문 앞에
서 있었다.

"안녕, 안녕! 우리 집에 오신 걸 환영합니다!"

보나 마나 나디마의 엄마였다. 그 곁에는 꼬마 여자애 한 명이
수줍게 웃으며 서 있었다. 그리고 아주 어린 남자아이가 엄마 다
리 뒤에서 빼꼼 고개를 내밀고는 불안한 눈길로 나를 바라보았다.
왕방울만 한 짙은 갈색 눈은 초콜릿 연못 같았고, 속눈썹은 이제
껏 본 중 가장 길었다. 세상에, 너무 귀여웠다! (나디마에게는 이렇

게 귀여운 동생들이 있는데, 어쩌자고 내겐 거대하고 무지막지한 오빠 셋이 있는 거냐고. 너무 불공평해!)

"이 사람은 우리 엄마입니다. 이 사람은 내 여동생입니다. 이름 은 라샤입니다. 이 사람은 내 남동생입니다. 이름은 사미입니다."

나디마가 수업 시간에 교과서를 읽는 말투로 말했다.

내가 나디마 엄마와 동생들을 바라보며 빙그레 미소 짓자 사미 가 엄마 뒤로 쏙 숨었다. 나디마 엄마가 웃으며 사미의 머리를 쓰 다듬었다.

나디마가 내 손을 잡더니 집 안으로 이끌었다.

바닥에는 방석이 놓여 있고, 낮은 탁자와 페르시아 카펫이 있 고, 여기저기 알록달록한 금속 램프가 놓인 그런 모습을 상상했었 나 보다. (디즈니 만화를 너무 많이 본 탓이다.) 나디마네 집은 식탁과 의자, 소파와 텔레비전이 있는 평범한 모습이었다.

우리는 나디마 엄마를 따라 부엌으로 갔다. 가스레인지 위 냄비 에서 김이 모락모락 피어나고 있었다.

"로쿰이야. 너 주려고 만들어."

나디마 엄마가 따뜻하게 미소 지으며 말했다.

"감사합니다. 저 직접 만드신 로쿰 정말 좋아해요!"

내 말에 나디마가 얼굴을 환하게 밝히며 웃었다.

나는 부엌을 둘러보았다. 눈앞에 보이는 것에는 모두 영어로 쪽지가 붙어 있었다.

냉장고… 가스레인지… 주전자… 싱크대… 수도꼭지… 찬장…
서랍… 심지어 천장에도 하나가 붙어 있었다.

나디마 엄마가 내 시선을 쫓았다.

"나디마 했어. 우리 다 영어 배워."

나디마 엄마가 뿌듯한 듯 말했다.

그런 다음 냄비를 돌아보더니 설탕 봉지를 들어 냄비에 부었다.

"저게 뭐야?"

나디마가 물었다. 나는 평소처럼 내게 묻는 줄 알았는데 라샤가
대답했다.

"설탕!"

"맞아! 잘했어, 라샤!"

나디마가 말했다.

"설탕!"

나디마 엄마가 따라 하더니 사미에게 쿠르드어로 뭔가 얘기했
다. 그러자 모두 사미를 바라봤다.

나디마가 사미 옆에 무릎을 꿇고 앉았다.

"사미, '설탕' 해 봐!"

나디마가 살살 구슬리자 사미가 포동포동한 입을 쭉 내밀고 말
했다.

"서어탕!"

오, 신이시여! 귀여워서 죽는 게 이런 건가요?

"똑똑하네, 사미!"

내가 웃으며 말했다.

나디마 엄마는 따뜻하게 미소 짓더니 다시 로쿰을 만들었다. 나디마 엄마는 상자에서 라자냐* 시트같이 생긴 뭔가를 꺼내 냄비에 넣었다. 시트는 들어가자마자 스르르 녹아 버렸다.

"저게 뭐야?"

내가 나디마에게 물었다. 나디마는 어깨를 으쓱하며 내게 상자를 내밀었다.

무언가가 영어로 쓰여 있었다. 꼬불꼬불하게 멋을 낸 글씨체였는데 내게 그런 글씨체는 정말 쥐약이라 읽을 수가 없었다.

"그거 뭐라고 해?"

나디마가 내게 물었다.

모두 기대에 찬 눈빛으로 나를 바라봤다.

"어……."

나는 시간을 끌었다. 상표를 못 읽는다고 인정할 순 없는 노릇이었다. 그래서 좀 낯간지럽지만 퍽 재치 있게 말했다.

*라자냐 : 얇게 민 밀가루 반죽을 직사각형으로 잘라서 만든 이탈리아식 국수.

"통!"

사실 상자는 텅 비어 있었다. 그러니까 내 손에 든 건 그냥 빈 통일 뿐이었다.

"통?"

미심쩍은 눈빛으로 나를 보며 나디마 엄마가 말했다.

나디마가 슬쩍 이상한 눈길로 나를 봤다. 그 순간 난 알았다. 내가 상표를 못 읽는 걸 나디마가 눈치챘다는 걸. 그런데 나디마는 내 손에 든 상자를 가져가 엄마에게 내밀더니 '통' 하고 말했다. 그러고는 식탁 위에 놓인 다른 상자들을 가리키며 말했다.

"통. 맞지, 재즈? 그렇지?"

난 나디마를 꼭 안아 주고 싶었다. 하지만 그저 대답했다.

"맞아!"

그런 다음 난 식탁에 놓인 물건을 죄다 가리키며 말했다.

"통, 통, 병, 봉지, 통……."

"아하! 고마워!"

나디마 엄마가 말했다.

나디마가 2층 자기 방으로 나를 데리고 갔다. 라샤와 함께 쓰는 방이었다. 우리는 이층 침대 꼭대기로 올라갔다. 라샤도 올라왔다. 그러자 사미도 올라오려고 했다. 우리는 사미의 멜빵바지를 잡고 끌어올렸다. 침대에 올라오자마자 사미는 손에 쥐고 있던 그림책을 불쑥 내게 내밀었다. 그러더니 아무렇지도 않게 내 무릎에 올라앉아 읽어 주기를 기다렸다.

난 소리 내어 읽는 건 질색이다. 그 책은 고작 그림책일 뿐이고 못 읽을 정도는 아니었다. 그렇지만 책 읽기는 늘 시험처럼 느껴진다. 그러면 더럭 겁이 나고 단어들이 뒤죽박죽 헝클어진다. 나는 책을 펼쳤다. 얼굴이 훅 달아오르는 걸 느꼈다.

"괜찮아, 재즈. 내가 읽을게."

나디마가 내 손에서 책을 가져가며 말했다.

나는 감사의 뜻으로 나디마를 향해 활짝 웃었다. 어떻게 알았는지는 모르겠지만 나디마는 내 어려움을 알았다.

오히려 다행이었다. 어떻게 해도 설명이 불가능했을 테니까.

20. 스파스 디쿰

나디마 방으로 어마어마하게 좋은 냄새가 솔솔 풍겨 왔다. 톡 쏘면서도 달콤한 냄새였다. 나디마 엄마가 내려와서 저녁 먹으라고 우리를 불렀을 때는 나디마 아빠도 집에 와서 식탁에 앉아 있었다. 나디마 아빠는 낡은 청바지에 후줄근한 운동복 티셔츠를 입고 있었다. 나이가 들지는 않았지만, 짙은 수염에 듬성듬성 섞인 흰색에 가까운 회색 수염과 눈가의 주름이 눈에 띄었다. 나디마 아빠는 친절해 보였지만 난 다른 애들 아빠를 만날 때면 늘 긴장됐다. 아마도 내게 아빠가 없기 때문일 거다.

"안녕? 나는 나디마 아빠란다."

나디마 아빠가 강한 억양으로 천천히 말했다.

"안녕하세요. 저는 재즈예요."

나도 덩달아 천천히 말했다.

나디마 아빠는 고개를 끄덕이며 미소 지었다. 말을 더 건네야 하는지 판단이 안 섰다. 나디마 아빠가 영어를 얼마나 하는지 몰라 당황하게 하고 싶지 않았다. 우리는 그저 잠자코 앉아 있었다.

잠시 껄끄러운 침묵이 흘렀지만 곧 나디마 엄마가 큼지막한 둥근 접시에 음식을 담아 왔다. 향신료 향이 강한 양고기 스튜 같은 요리였는데, 바닥에는 노란색 밥이 깔려 있고 맨 위에는 구운 아몬드를 솔솔 뿌려 놓았으며, 접시 가장자리에는 얇게 썬 레몬을 빙 둘러놓았다. 모양도 끝내줬지만 냄새는 더 좋았다. 내게 특별한 요리를 만들어 주려고 애쓴 흔적이 역력했다. 난 나디마가 우리 집에 왔을 때 내놓았던 피자가 떠올라 부끄러웠다.

"이게 뭐야?"

내가 나디마에게 물었다.

"만사프. 양고기야."

나디마가 대답했다.

"나 양고기 진짜 좋아해!"

내가 큰 소리로 말했다.

나디마 엄마가 한 접시 가득 담아 내게 건네자 난 포크로 푹 떠서 먹었다.

"맛있니?"

나디마 엄마가 물었다.

"네, 맛있어요!"

내가 입안 가득 음식을 물고 우물거리자 나디마 엄마 얼굴에 함박웃음이 피어올랐다.

라샤와 사미가 쿠르드어로 재잘대자 이내 온 가족이 함께 떠들었다. 나는 한마디도 못 알아들었지만 쥐 죽은 듯 조용히 앉아 있는 것보다는 훨씬 나았다.

나는 그저 웃으며 먹기만 했다. 너무 웃어서 얼굴이 마비되는 건 아닐까 싶었다. 나디마가 최선을 다해 통역했지만 영어로 전달하는 데 한계가 있었다.

그러다 나디마가 내게 '스파스 디쿰'이란 말을 가르쳐 줬다. 쿠르드어로 '감사합니다'라는 뜻이었다.

내가 "스파스 디쿰."이라고 말하자 나디마 엄마 아빠가 빙그레 웃었다. 그런데 발음이 이상했던지 나디마와 라샤는 깔깔대며 데굴데굴 굴렀다. 흥!

식사를 마치고 우리는 모두 거실에 앉았다. 나디마 부모님은 내게 말을 걸려고 문장 몇 개를 특별히 공부한 것 같았다.

"시리아에서 우리 사탕 가게 했어."

나디마 아빠가 자랑스러운 듯 말했다.

"나 과자 많이 만들어. 보여 줄게."

나디마 엄마는 노트북을 가져다 시장에서 파는 시리아 사탕 사진을 몇 장 보여 줬다.

세상에! 엄청났다. 나디마 엄마는 과자들을 가리키며 줄줄이 이름을 댔다.

그때 나디마가 과자 하나를 가리키며 말했다.

"나 제일 좋아해. 바클라바*야."

"나 바클라바 먹어 봤어!"

내가 말했다.

그러자 다 같이 "와!" 하고 소리치며 마구 손뼉을 쳤다.

과자 먹은 걸로 박수 받아 보기는 생전 처음이었다.

나디마가 사미에게 '재즈'라는 말을 가르치려고 했다. 하지만 사미는 몹시 부끄럼을 탔다.

매트 오빠가 나를 데리러 오자 나디마 엄마는 직접 만든 로쿰이 담긴 플라스틱 통을 내밀었다. 나디마 엄마가 나디마에게 무슨 말인가를 했다.

나디마가 휴대 전화를 꺼내 잠시 두드리더니 내게 화면을 보여 줬다.

내일 먹어.

*바클라바 : 종잇장처럼 얇게 늘린 반죽 사이에 버터를 발라 겹겹이 쌓고, 속을 다진 견과류와 설탕으로 채운 페이스트리.

"알았어!"

나는 고개를 끄덕였다. 그러고는 "스파스 디쿰!"이라고 덧붙였다. 쿠르드어로 '잘 있어.'를 뭐라고 하는지도 배워 뒀으면 좋았을 걸 싶었다.

차를 타고 거리를 지나며 다른 집들을 바라보니 나디마네 집에 대해 이상한 상상을 했던 것이 떠올랐다. 나디마네 가족은 다른 사람들처럼 평범한 거리의 평범한 집에 사는 평범한 사람들이었다. 하지만 다른 사람들과 똑같지는 않았다. 나디마의 이야기는 평범하지 않았다.

21. 새 사업

집에 도착하기가 무섭게 오빠 삼 형제는 꿀단지 주변의 벌 떼처럼 로쿰 곁으로 몰려들었다.

"아직 안 굳었어! 내일 먹어야 해."

오빠들을 밀치며 내가 소리쳤다. 나는 로쿰을 부엌 한쪽에 두었다.

그런 다음 나디마네 가족이 시리아에서 사탕 가게를 했다는 얘기를 했다.

"사탕 가게 주인이라니! 딱 내가 원하는 부모님이야!"

거스 오빠가 말했다.

"어쩌다 우리는 부동산 중개인 자식으로 태어났을까? 누구네 엄마 아빠는 사탕 가게 주인이었다는데."

댄 오빠가 장난을 쳤다.

"그것 참 안됐네."

엄마가 싱긋 웃었다.

"그런데 이제는 가게를 못 해요."

내가 조용히 말하자 엄마가 한숨을 내쉬었다.

"자기 집과 사랑하는 사람들을 모두 남겨 두고 떠나는 마음이 얼마나 힘들었을지 상상조차 못 하겠구나. 또, 반겨 줄지 어떨지도 모르는 낯선 땅으로 향하는 마음은 어땠을까. 우리가 난민을 얼마 안 받아들였다는 게 부끄럽구나."

"난 모든 사람에게 어디든 자기가 원하는 곳에서 살 권리가 있다고 생각해요."

내가 말했다.

"그렇게 단순한 문제가 아니야. 난민 수가 수백만 명이나 된다고."

매트 오빠가 말했다.

"어느 한 나라가 난민 전체를 수용할 수는 없어."

댄 오빠가 말했다.

"전부 다 영국으로 오려는 것도 아니잖아. 안 그래?"

내가 목소리를 높였다.

"많은 난민이 이곳에 오고 싶어 하지. 그런데 우리나라는 난민을 다 받아들일 만큼 주택 수도 충분하지 않아."

엄마가 말했다.

"그럼 더 지으면 되죠."

"집을 지으려면 시간이 오래 걸려. 그동안 어디서 살아?"

댄 오빠가 말했다.

"텐트!"

거스 오빠가 대꾸했다.

"눈이 오면 어떡해? 얼어 죽고 말 거야."

내가 큰 소리로 말했다.

"그렇다면 네 방을 난민들 살라고 내줄 수 있어?"

댄 오빠가 내게 물었다.

"아니, 오빠 방 줄 건데!"

내 말에 댄 오빠가 쿠션을 확 던졌다.

다음 날은 토요일이어서 난 여느 때처럼 아침 일찍 1층으로 내려가 컴퓨터를 차지했다. 컴퓨터를 켜는 동안 로쿰이 굳었는지 확인해 봤다. 다 굳어 있었다. 나는 칼로 큼직큼직하게 잘라 접시에 담았다. 한 입 먹어 봤더니 맙소사! 둘이 먹다 하나가 죽어도 모를 맛이었다.

예상대로 우리는 아침도 먹기 전에 로쿰을 싹 해치웠다. 마지막 한 조각을 두고 제3차 세계대전 발발 직전에 놓이자, 엄마는 경매에 부쳤다. 결국 매트 오빠가 50펜스를 걸어 낙찰 받았다.

그 순간 나는 기막힌 새 사업 구상이 떠올랐다.

로쿰 한 조각에 50펜스를 걸어? 그럼 나디마 엄마가 로쿰을 잔뜩 만든 다음 나디마랑 내가 학교에서 팔면 어떨까?

떼돈을 벌 게 분명하다. 사업가답지?

나디마가 하겠다고만 한다면 정말 굉장할 거란 생각이 들었다. 나디마에게 예전 삶의 일부를 되찾는 일이 될 뿐만 아니라 나디마네 가족이 시리아에서 무슨 일을 했는지 모두에게 보여 줄 기회도 될 것이다.

나는 내 환상적인 계획을 나디마에게 말하고 싶어서 입이 근질근질했다. 나디마에게 문자 메시지를 보낼까도 생각했지만, 나디마가 그 문자를 읽는 거나 내가 쓰는 거나 어렵기는 매한가지란 걸 깨달았다. 다시 말해 불가능하다는 뜻이다. 다음 주까지 기다렸다가 학교에서 설명할 수밖에.

22. 클로이의 생일 파티

일요일 오후, 클로이의 생일 파티를 하러 영화관에 갔더니 다른 아이들은 이미 와서 표를 찾고 있었다. 나디마가 아직 안 보였지만 영화 시작까지 시간이 많이 남았기 때문에 걱정되지는 않았다.

나는 클로이에게 선물을 건넸다.

"나랑 릴리가 같이 하는 거야. 우리 둘이 함께 골랐어."

클로이는 포장지를 뜯어 티셔츠를 꺼내 들며 소리쳤다.

"세상에! 정말 맘에 들어. 고마워!"

릴리와 나는 마주 보며 웃었다.

나는 힐끗 카라의 반응을 살폈다. 샘을 낼 줄 알았는데 카라는 이 와중에도 자신에게 관심을 집중시키느라 바빴다.

"우아!"

카라는 클로이에게서 티셔츠를 낚아채더니 자기 앞에 들어 올리며 말했다.

"나도 갖고 싶어!"

아직도 나디마는 보이지 않았다. 나는 슬슬 불안해졌다.

"나디마가 올까?"

엘리가 말했다.

"좀 쑥스러울지도 몰라."

릴리가 말했다.

"영화관이 어딘지 모르면 어떡해?"

클로이가 말했다.

"휴대 전화로 찾아보겠지. 우리도 그러잖아."

웃으며 말했지만 길을 잃었을까 봐 나도 걱정이 됐다.

"내가 전화해 볼게."

내가 휴대 전화를 꺼내려는 순간, 나디마가 부리나케 뛰어 들어왔다.

"미안! 버스 내렸는데 다른 정거장이야. 뛰었어!"

나디마가 헉헉대며 말했다.

"괜찮아! 영화 시작 안 했어."

휴, 얼마나 다행인지!

나디마가 클로이에게 조그맣고 화려한 종이 가방을 내밀었다.

"생일 축하해."

"고마워!"

클로이가 가방을 열어 샛노란 목욕 용품을 꺼내 들고는 상표를
읽었다.

"레몬 셔벗 향 거품 톡톡 폭탄!"

나디마는 어리둥절한 얼굴이 되었다.

"아니야! 폭탄 아니야! 목욕할 때 써!"

나디마의 말에 모두 까르르 웃음을 터뜨렸다.

"이런 걸 '목욕 폭탄'이라 그래."

내가 말했다.

"아하!"

나디마는 고개를 끄덕이더니 실수가 멋쩍은지 눈을 과장되게
치켜뜨고 따라 말했다.

"목욕 폭탄."

"화장 고치러 가자."

카라의 말에 다들 화장실로 우르르 가서 화장을 고치기 시작했
다. 웃기는 짬뽕들! 컴컴한 영화관에 앉아 있는데 누가 본다고! 나
디마랑 나는 멀뚱히 서서 지켜볼 뿐이었다. 나디마도 나랑 똑같은
생각인 게 분명했다.

"내 화장품 쓸래?"

릴리가 나디마에게 화장품 가방을 내밀며 천천히 물었다.

나디마는 고개를 저었다.

127

"화장하면 안 되나 봐."

엘리가 말했다.

"나디마랑 난 화장이 필요 없지. 이미 충분히 아름다우니까."

나는 전신 거울 앞에서 자세를 취했다. 나디마도 따라 했다. 우리는 슈퍼 모델처럼 으스대며 걷다가 입술을 쭉 내밀었다.

"그거 쓰고 있어야 해?"

카라가 나디마 머리의 두건을 가리키며 물었다.

"여기선 벗어도 돼. 말 안 할게."

두건을 벗는 시늉을 하며 카라가 덧붙였다.

난 은근히 걱정되었다. 나디마가 곤란해지거나 난처해하는 건 싫었다. 하지만 나디마는 그냥 카라를 향해 빙긋 웃더니 고개를 저으며 말했다.

"나 이게 좋아."

카라는 어깨를 으쓱하고는 다시 속눈썹에 마스카라를 덕지덕지 발랐다. 난 나디마가 카라에게 휘둘리지 않을 만큼 아주 강한 아이라는 걸 또 한 번 깨달았다. 마침내 모두 준비를 마치자 우리는 팝콘을 사서 안으로 들어갔다.

나디마가 영화를 얼마나 이해했는지는 모르겠지만 영화 보는 내내 몇 번씩 큰 소리로 웃기도 하고, 재수 없는 남자애가 여자 친구를 배신하고 딴 여자애를 만나러 가는 장면도 찰떡같이 알아들었다. 물론 관객석에 앉은 여자들이 모조리 우우 야유를 퍼부은 탓일 수도 있지만.

영화가 끝나고 상영관 밖으로 나오자 나디마가 클로이의 팔을 톡톡 치더니 심호흡한 후 말했다.

"생일 파티에 초대해 주서서 감사합니다. 당신은 매우 친절합니다. 당신은 참 다정해요. 생일 즐겁게 보내길 바랍니다."

나디마의 짧은 연설에 클로이는 진심으로 감동하며 즐거워했다. 그런데 그걸로 끝이 아니었다.

"이제 생일 축하 노래 불러 줄게!"

나디마가 말했다.

기절할 노릇이었다.

"진짜야?"

내가 큰 소리로 묻자 나디마는 고개를 끄덕이며 생글거렸다.

"유튜브 봤어!"

나디마가 혼자 노래를 시작하자 (그러고 보니 보통 배짱이 아니다.) 모두 함께 불렀다. 사람들이 죄다 쳐다봤지만 신경 쓰지 않았다. 특히 카라가 화음을 넣은 부분은 환상 그 자체였다. 걸 그룹 같았다.

잘난 척 대장 카라답다는 생각이 들었지만 릴리를 생각해서 이렇게 말했다.

"카라, 너 노래 진짜 잘한다."

"고마워!"

카라가 대꾸했다.

"얘들아, 우리 걸 그룹 만들어야 할까 봐!"

카라가 나와 릴리에게 팔짱을 끼며 큰 소리로 말했다. 내가 나디마와 팔짱을 끼자, 엘리와 클로이가 나디마 옆에 섰다. 우리는 뮤직비디오라도 찍는 양 한껏 뽐내고 걸으며 영화관을 나왔다.

환상적인 오후였고 다들 정말 많이 웃었다. 왜 늘 이럴 순 없는 걸까?

23. 동업자

월요일 아침이었다. 조회를 시작하기 전 우리는 모두 기분이 좋았다. 리암은 릴리에게 고무줄을 빌려서 라이언의 머리를 상투 모양으로 묶었다. 꼴불견이었다. 그런데 라이언은 얼른 셀카를 찍어 요리조리 뜯어보더니 말했다.

"몇 개 더 묶어 줘."

그러자 클로이와 카라가 고무줄을 건넸다.

그때 엘리가 화장품을 꺼냈다.

"라이언, 속눈썹 칠해 줄게."

엘리는 라이언 얼굴에 대고 마스카라를 흔들었다.

"안 돼애애!"

라이언이 자리에서 펄쩍 뛰며 소리쳤다.

나디마와 나는 웃겨서 죽을 뻔했다.

이렇게 노닥거리느라 수업 시작 전에 나디마에게 나의 환상적인 로쿰 사업 계획을 말할 기회를 놓쳤다.

1교시는 연극이어서 나디마와 나는 상자 이야기를 생각해 내야만 했다. 난 휴대 전화를 꺼내서 '우리 이야기를 만드러.'라고 친 다음 쿠르드어 번역을 들여다봤다.

영어	쿠르드어
we mak up stroy (우리 이야기를 만드러.)	em hesabekî xwe stroy

쿠르드어는 전 세계에서 제일 읽기 힘든 언어임이 분명하다. 나디마에게 화면을 보여 줬지만 나디마는 얼굴을 찌푸리며 고개를 저었다.

"나 몰라."

그래서 난 더 쉽게 '이야기'만 남기고 다른 글자는 지웠다.

영어	쿠르드어
stroy (이야기)	ku hîsa

나디마는 다시 고개를 젓고는 화면을 가리키며 말했다.

"이야기가 뭐야?"

"이야기?"

난 어리둥절한 얼굴로 입력한 글자를 보았다. 맞춤법이 틀린 모양이었다. 그래서 문자 창에 '이아기'라고 쳤더니 '이야기'로 자동 교정되었다.

"이런!"

나는 손바닥으로 얼굴을 가리고 웃으며 실수를 바로잡았다.

영어	쿠르드어
story (이야기)	çîrok

"아하! 알았어!"

나디마가 웃으며 고개를 끄덕였다.

영어	쿠르드어
we mak story (우리 이야기를 만드러.)	em hesabekî xwe nûçeyê

난 '우리 이야기를 만드러'라고 번역기에 다시 입력했다. 그런데

쿠르드어로 '이야기'란 단어 'çîrok'가 화면에 없었다. 작은 꼬랑지가 달린 c 다음에 모자 쓴 i가 나오고, 마지막에 k로 끝나는 그런 단어 말이다. 내 눈에도 그 정도는 보였다. 그러니까 완성된 쿠르드어 문장은 이야기 만드는 내용일 리가 없었다.

"알았어, 알았어! 이해해!"

나디마가 말했다.

나는 고개를 가로저으며 말했다.

"아니야, 아니라고. 이해 못 해."

내 말에 나디마는 무척 어리둥절한 표정이었다.

난 상자 이야기 만드는 걸 포기하고 대신 나의 환상적인 로쿰 사업 얘기를 하기로 했다. 음, 우리의 로쿰 사업이라고 해야겠지.

나는 연극 교과서를 펼치고 작은 사각형 덩어리를 마구 그리며 말했다.

"로쿰."

그런 다음 커다란 냄비를 젓고 있는 막대 인간을 그린 후 '나디마'라고 썼다.

"네가 로쿰을 만드는 거야."

"알았어."

나디마가 고개를 끄덕거렸다.

나는 탁자 앞에 우리가 서 있는 모습을 그린 다음 '나디마 + 재즈'라고 적었다. 그리고 로쿰을 또 잔뜩 그렸다.

그러고는 탁자 옆에 50펜스짜리 동전을 들고 서 있는 막대 인간을 그렸다. (좀 더 비싸게 받을까도 생각했지만 초코바보다는 싼 편이 좋겠다고 생각했다. 어때? 대단한 사업 감각이지?)

나는 동전에서 우리 둘을 향해 화살표를 긋고, 로쿰 봉지에서 막대 인간 쪽으로 화살표를 또 하나 그었다.

"우리가 로쿰을 파는 거야. 여기 학교에서."

낯간지럽지만 천재적인 설명이었다. 그도 그럴 것이 나디마가 단박에 내 말을 알아들었기 때문이다.

나디마가 미소 지으며 말했다.

"알았어! 알았어! 우리 로쿰 팔아. 우리 돈 벌어!"

"맞아!"

나디마와 나는 로쿰 사업 이야기에 정신이 홀딱 팔려서 선생님이 다가오는 줄도 몰랐다. 책에 그린 그림을 선생님이 훑어 보는 동안 우리는 숨도 제대로 못 쉬었다. 그런데 선생님이 말했다.

"훌륭해, 얘들아! 아주 멋진 이야기 같구나. 잘했어!"

웃음이 터지는 걸 가까스로 참았다. 선생님이 가자마자 우리는 쓰러져서 키득거렸다.

웃음이 잦아들고 나자 내가 말했다.

"너희 엄마가 괜찮으실까? 로쿰을 많이 만드셔야 하는데."

"나 만들어! 엄마 아니야. 나!"

나디마가 가슴을 툭툭 치며 말했다.

"어…… 언제?"

내가 물었다. 나디마가 충분한 양을 만들 수 있을까 하는 의구심이 들었다. 사업을 제대로 하려면 재고 확보가 중요하다. (봤지? 이래서 성공한 사업가 가운데 난독증 환자들이 많은 거라고. 우리는 별별 것을 다 생각하거든. 이런 걸 두고 '큰 그림을 그린다.'고 하지.)

"오늘 밤. 나 만들어. 세… 어……."

나디마는 손으로 사각형 모양을 만들었다.

"통?"

"맞아. 세 통!"

세 통이면 몇 조각이나 나올까 머릿속으로 생각하고 있는데 나디마가 또 말했다.

"그리고 내일 세 통!"

"진짜? 여섯 통을? 이틀 만에?"

내 물음에 나디마가 가소롭다는 듯 대꾸했다.

"로쿰 만들기, 식은 죽 먹기!"

난 깔깔대고 웃었다.

여섯 통이면 넉넉하니까 수요일부터 팔 수 있겠다는 생각이 들었다. 우린 떼돈을 벌 거다. 그날 계획이 어긋나지만 않는다면.

24. 대재앙

수요일 아침, 나디마는 로쿰이 가득 든 통 두 개를 들고 교실로 들어왔다. 통이 너무 커서 책가방에 들어가지도 않았다. 나디마가 탁자에 로쿰을 내려놓자마자 우리 반 참견쟁이 리암과 라이언이 딸기 케이크 위의 초코칩처럼 나디마 곁에 달라붙었다.

"우후, 그 안에 뭐가 들었을까나?"

리암이 게걸스럽게 눈을 빛내며 물었다.

나는 리암에게 가까이 오라고 손짓했다.

"비밀 지킬 거야?"

리암이 고개를 세게 끄덕였다.

"지키고말고."

"먹는 거다에 한 표."

라이언이 비닐봉지를 움켜쥐며 말했다.

"훠이! 손 치워!"

"쉬는 시간이면 알게 돼."

내가 라이언을 슬쩍 밀며 말했다.

그때 카라가 들어왔다.

"네 생일이야?"

카라가 대수롭지 않게 물었다.

"아니. 생일 아니야."

나디마가 아리송한 얼굴로 대답했다.

"생일 케이크인 줄 알았나 봐."

내가 웃으며 찬찬히 나디마에게 설명했다.

"아하."

나디마가 고개를 끄덕였다.

"내 말이 맞네. 이거 케이크야!"

카라가 신이 나서 목소리를 높였다.

"아니야. 케이크 아니야."

나디마가 딱 잘라 말했다.

카라 얼굴이 아주 볼만했다. 나는 입술을 깨물며 웃음을 참
았다.

"그럼 그게 뭔데?"

카라가 샐쭉대며 물었다.

"쉬는 시간에 말해 줄게."

내가 대답했다.

"아, 궁금해. 얼른 얘기해 주라."

클로이가 졸라 대자 릴리도 물었다.

"뭐가 그렇게 대단한 비밀이야?"

"말해 주고 나면 비밀이 아니잖아, 그렇지?"

내가 대꾸했다. 멋진 논리다.

"비밀 놀이할 나이는 지나지 않았나?"

카라가 아니꼬운 듯 말했다.

난 그냥 어깨만 으쓱할 뿐 대답하지 않았다.

쉬는 시간 종이 울리기가 무섭게 나디마와 나는 로쿰 판매 탁자를 펼치러 달려 나갔다. 내가 기막힌 장소를 골라 놓았다. 우리 반 교실 밖 벤치 옆이었다. 나디마는 통 뚜껑 위에 피라미드 모양으로 로쿰을 쌓아 올렸다. 처음엔 아이들이 바글바글 몰려들어 서로 밀고 당기며 뭘 파나 쳐다봤다.

"뭐야 그게?"

어떤 녀석이 무례하게 물었다.

"로쿰이야. 먹어 봐!"

내가 한 덩어리 내밀며 말했다.

"싫어! 이상하게 생겼어. 꼭 비누 같아."

녀석이 말하자, 아이들 몇몇이 웃었다.

"그래도 맛은 끝내줘. 진짜야!"

내가 증명해 보이려고 한 조각 입에 넣으며 말했다.

"한 번 먹어 봐. 값도 초콜릿보다 싸."

"그럴 만도 하네."

다른 아이가 킥킥거리며 말했다.

나는 힐끔 나디마를 살폈다. 몹시 속이 상한 얼굴이었다. 애들이 떠드는 소리를 나디마가 얼마나 이해했는지는 모르겠다. 하지만 애들 얼굴만 봐도 어떤 상황인지 불 보듯 뻔했다. 먹어 보려는 사람조차 없었다.

그때 카라와 그 무리가 나타났다.

"그 대단한 비밀이 이거야? 로쿰?"

"그래. 먹어 볼래? 한 봉지에 50펜스밖에 안 해."

카라는 고개를 절레절레 흔들었다.

"난 로쿰 딱 질색이야. 온통 찐득거리기만 하고."

"이건 가게에서 파는 거랑은 달라. 집에서 직접 만들었다고."

카라가 콧등을 찌푸렸다. 정말 예의 없다는 생각이 들었다.

"릴리?"

한 조각 건네자 릴리가 인상을 썼다.

"방금 감자칩을 먹어서."

어느새 나디마의 얼굴이 새빨갛게 달아올랐다. 화가 난 것도 같고 울음을 참는 것도 같았다. 아마 양쪽 다일 테지.

아이들이 밀쳐 낸 것은 단순히 사탕 한 봉지가 아니었다. 나디마의 배경을 통째로 무시한 일이었다. 고향 시리아에서 나디마네 가족은 생계를 위해 로쿰을 팔았다. 그런데 우리 학교 애들은 나디마의 로쿰을 비웃었다. 나디마는 속이 상하고, 나는 분통이 터졌다. 특히 카라랑 릴리한테 화가 났다. 한 조각 먹어 본다고 죽는 것도 아니잖아? 나디마는 모두와 친구가 되려고 열심히 노력하는데 애들은 대놓고 무례하게 행동했다.

결국 로쿰은 단 한 조각도 못 팔았다.

이보다 나쁜 상황은 없을 거라 생각하고 있는 바로 그때, 더 나쁜 일이 일어났다.

25. 벌칙

영어 선생님은 이성을 잃었다.

"재즈 왓슨! 학교 안에서는 물건을 팔면 안 돼. 여기는 길거리 시장이 아니라고! 당장 정리하고 너희 둘 다 교장실로 가."

선생님이 붉으락푸르락 씩씩거렸다.

"팔면 안 된대."

로쿰 봉지를 상자에 집어넣으며 내가 나디마에게 설명했다.

"왜?"

나디마가 물었다.

나는 어깨를 으쓱했다.

"혼나?"

나디마가 불안한 듯 물었다.

"괜찮을 거야. 걱정 마."

하지만 나디마 표정에서 내 말을 안 믿는다는 걸 알 수 있었다.

우리는 교장 선생님 책상 앞에 섰다. 나디마는 겁에 질려 딱딱하게 굳어 있었다. 나는 나디마의 손을 꼭 쥐었다.

"재즈 왓슨, 또 너로구나!"

교장 선생님이 안경 너머로 나를 쏘아봤다.

"물건을 팔면 안 되는지 몰랐어요. 알았다면 안 팔았을 거예요."

내가 말했다.

"학교 안에서는 아무것도 못 팔아."

교장 선생님이 한숨을 내쉬었다.

"입학할 때 그런 규칙을 들은 기억이 없는 걸요?"

교장 선생님이 눈썹을 치켜올렸다. 지금 생각해 보니 그게 경고인 줄 알아챘어야 했다.

"수학 선생님을 죽이면 안 된다는 규칙은 없지만 다들 그러면 안 된다는 걸 알잖니?"

"그건 살인이 법에 어긋나는 일이니까 그렇죠. 하지만 물건 파는 건 다르잖아요."

"지금 그게 중요한 게 아니잖니? 로쿰을 팔고 싶으면 자선기금 모금 주간에 하도록 해."

('그건 우리한테 돈이 안 들어오잖아요?' 하는 생각이 들었다. 하지만 입 밖으로 내지는 않았다.) 나는 나디마를 힐끔 쳐다봤다. 당장이라도 눈물이 터질 것 같았다. 하지만 교장 선생님은 거기서 끝내지

않고 잠시 뜸을 들이더니 폭탄을 투하했다.

"너희 둘 다 방과 후 학교에 남는 벌칙을 주겠다."

"말도 안 돼요! 잘못인지도 모르고 한 일을 가지고 벌을 주다니요!"

내가 소리쳤다.

"그냥 넘어가면 다른 아이들에게 학교에서 물건을 팔아도 된다고 알리는 꼴이 돼. 선례를 세워야 해."

그러더니 교장 선생님은 나디마에게 천천히 또박또박 말했다.

"오늘, 학교 끝나고, 남아야 한다. 알겠니?"

나디마는 얼굴을 일그러뜨리더니 울음을 터뜨렸다.

나는 교장 선생님에게 나디마는 빼 달라고 빌었다.

"나디마는 잘못이 없어요. 전부 제 생각이에요!"

"네가 나디마를 문제에 끌어들였으면 함께 책임져야지."

"너무 불공평해요!"

나는 목소리를 높여 말하고는 교장실을 뛰쳐나왔다. 나디마도 나를 따라 나왔다. 그리고 교장실에서 나오자마자 나에게 소리쳤다.

"너 나쁜 친구야. 너 나 곤란하게 해."

"나디마, 미안해. 그렇지만 무서운 벌칙 아니야."

"이거 문제야. 문제 나빠. 나 나쁘면 우리 돌려보내! 시리아로!"

"안 그래, 나디마. 아무도 너 시리아로 안 보내. 벌칙 한 번 받았다고 그렇게는 못 해!"

"너 몰라. 모른다고. 우리 이제 안전하지 않아. 네 잘못이야!"

나디마는 그다음부터 쿠르드어로 다다다다 쏘아붙였다. 그 단어들이 무슨 뜻인지는 몰라도 나디마가 무슨 말을 하는지는 알 것 같았다. 이윽고 나디마는 휙 돌아서서 가 버렸다.

26. 풀 수 없는 문제

스쿨버스는 백만 년 전에 떠났고 이제 난 스스로 집에 갈 방법을 찾아야 한다.

와, 이 얼마나 환상적인 일인가. 이보다 더 멋진 하루가 어디 있겠어?

교장실에 남아 있던 시간은 끔찍했다. 나디마는 내 옆에 앉으려 들지도 않았다. 나디마에게 말을 걸어 미안하다고 하려 했지만 나디마는 등을 돌려 버렸다. 그러고는 벌칙 시간이 끝나자마자 로쿰 봉지를 들고 나가 버렸다. 나디마가 성큼성큼 걸어가자 로쿰 봉지가 나디마의 다리를 툭툭 쳤다.

이제 나는 집까지 걸어가든지 아니면 엄마한테 전화를 걸어 벌받았다고 이야기한 다음, 와서 데려가 달라고 해야 한다.

고민할 거리도 아니었다.

나는 걷기 시작했다. 하지만 그때 자동차 경적이 빵빵 울렸다.

뒤돌아보니 엄마 차가 있었다. 오빠 중 하나가 이른 게 분명했다.

내가 차에 타자마자 엄마가 물었다.

"별일 없었고?"

"벌 받았어요."

"매트가 얘기했어. 너 데리러 오려고 고객과의 약속도 취소하고 일찍 나와야 했어. 그리고 학교에 전화해서 벌이 몇 시에 끝나는지 물어봐야 했고. 얼마나 창피했는지 알아?"

나는 대답을 못 한 채 그저 창밖만 바라봤다. 우리 집에서 수업 끝나고 학교에 남는 벌을 받은 사람은 내가 처음이라는 건 굳이 알려 주지 않아도 알고 있었다.

"엄마가 몰랐으면 말 안 할 작정이었니?"

"엄마가 화낼까 봐……."

"그래! 화가 머리끝까지 났어."

"근데 내 잘못 아니었다고요!"

나는 큰 소리로 투덜대며 엄마에게 있었던 일을 이야기했다.

"그러니까 너는 잘못인지도 모르고 한 일 때문에 벌을 받았다, 그 말이지?"

엄마가 흥분을 조금 가라앉히고 말했다.

"그렇다니까요! 어처구니가 없어서! 이런 짜증 나는 학교에, 짜증 나는 규칙에, 최고 짜증 나는 교장 선생님까지 정말 지긋지긋

147

해요.”

내가 분통을 터뜨렸다.

“재즈, 솔직히 말해 봐. 너 벌 받은 게 네가 저지른 일 때문이야, 아니면 교장 선생님께 무례하게 말한 태도 때문이야? 제발 고삐 풀린 망아지처럼 달려들어서 일을 더 엉망으로 만들지 좀 마!”

“아니야, 아니라고요! 진짜 예의 바르게 굴었다고요.”

나는 머릿속으로는 내가 교장 선생님께 뭐라고 말했는지 기억해 내려고 애썼다.

“그래? 그렇다면 좀 심한 것 같네. 교칙에 어긋나는 줄도 모르고 그랬는데 벌을 주다니! 엄마가 교장 선생님한테……”

하지만 내가 엄마 말을 잘랐다.

“그게 문제가 아니라고요!”

나는 소리를 지르며 와락 눈물을 터뜨렸다.

엄마는 차를 세우더니 날 안아 주려고 했다. 그러나 안전띠 때문에 쉽지 않았다. 난 좀처럼 울지 않는다. 그런데 오늘은 눈물을 멈출 수가 없었다. 꺼이꺼이 흐느끼며 눈물을 폭포처럼 쏟는 바람에 내 얼굴과 엄마 점퍼가 눈물 콧물로 범벅이 됐다.

“무슨 일이야, 우리 강아지? 또 무슨 일이 있었는데?”

엄마가 근심 가득한 얼굴로 물었다.

“나 때문에 나디마가 벌을 받았어요. 화가 나서 이제 나랑 친구

안 한대. 나디마가 친구 한다고 해도 걔네 가족이 허락 안 할지도 몰라요. 나디마가 나더러 '나쁜 친구'래요. 난 나쁜 친구가 아니야. 진짜 아니야. 이렇게 벌 받을 줄 몰랐다고요. 그런데 그걸 설명할 수도 없어요."

눈물이 얼굴을 타고 흘러 목으로 떨어졌다. 엄마가 차 문 주머니에서 휴지를 꺼내 건넸다. 난 코를 흥 풀고 훌쩍거리며 계속 말했다.

"교장 선생님한테 나디마는 잘못이 없으니 벌주지 말라고 빌었어요. 그런데도 교장 선생님은 나디마를 문제에 끌어들였으면 함께 책임져야 한다고 했어요. 나디마는 가족 중에 누구라도 문제가 생기면 모두 시리아로 돌아가야 할까 봐 겁을 잔뜩 먹었다고요."

"재즈! 진정해. 방과 후 벌칙 한 번 받았다고 추방당하진 않아."

"나도 알아요. 그런데 나디마네 가족은 모르나 봐요."

"걱정 마, 재즈. 나디마네 가족한테 설명하면 돼."

엄마가 살살 달래듯 말했다.

"아니야, 못 해. 그게 바로 문제라고요. 나디마네 가족은 영어를 못 한다고요!"

엄마가 내 얼굴을 바라보며 힘주어 말했다.

"분명 해결 방법을 찾을 수 있을 거야."

"엄마! 못 해요. 나 이제 아기 아니야. 안아 주고, 반창고 붙여 주고, 초콜릿 사 준다고 괜찮아지지 않는다고요!"

엄마는 내가 찰싹 때리기라도 한 것처럼 뒤로 물러났다.

"알았어. 그럼 그냥 놔둬야지 뭐, 그렇지?"

엄마가 딱히 대답을 기대하진 않은 터라 나도 대꾸하지 않았다.

우리는 말없이 차를 타고 집으로 돌아갔다. 집에 도착하자 난 내 방으로 올라가 방문을 쾅 닫았다. 나디마에게 문자 메시지조차 보내지 않았다. 아무 의미 없는 일이었다.

27. 이불 속에 숨다

다음 날 아침 눈을 뜨자마자 속이 울렁거리며 토할 것 같았다. 나디마가 화나서 소리치던 장면이 와락 나를 덮쳤다. 도저히 학교에 갈 자신이 없었다. 나디마가 계속 말도 안 하면 어떡하지? 카라는 분명 이 일을 무척 고소해할 거야. 그 꼴은 도저히 못 보겠다.

잠시 뒤 문자 메시지 알림이 울렸다. 나디마에게 온 것이길 바랐는데 아니었다. 새 메시지가 몇 개 와 있었지만 나디마가 보낸 것은 하나도 없었다. 나는 이불 속에 웅크렸다.

내가 아침 먹으러 내려가질 않자 엄마가 올라왔다.

"서둘러! 일곱 시 반이야!"

나는 벽 쪽으로 돌아누웠다.

"오늘 학교 안 갈래요. 몸이 안 좋아요."

엄마가 침대에 앉으며 말했다.

"나디마 때문에 그래?"

"아니에요. 아파요."

거짓말이었다.

엄마도 내 말을 안 믿는 것 같았다. "학교에 가면 나디마랑 잘 해결할 수 있을 거야."라고 말했으니까.

"싫어, 안 가. 나하고 말도 안 한다고요."

엄마는 잠시 뜸을 들이더니 말했다.

"때로는 시간을 갖고 기다리면 일이 저절로 해결되기도 해."

내가 아무 말이 없자 엄마는 말을 이었다.

"엄마 생각에는 네가 너무 예민하게 생각하는 것 같아."

"아니야, 아니라고. 나디마가 나한테 '나쁜 친구'라고 했다니까요. 그리고 그 말이 맞아요. 난 형편없는 친구야. 릴리는 나 말고 카라랑만 친하게 지내고, 이제 나디마까지 나랑 친구 하기 싫어한단 말이에요."

내가 큰 소리로 말했다.

"나디마는 걱정되고 벌 받은 게 화나서 그러는 거야. 부모님이 어떻게 나올까 무서워서 그랬을 수도 있고."

"그것도 문제예요! 나디마네 엄마 아빠가 이제 나랑 놀지 말라고 하면 어떡해요?"

엄마는 헝클어진 내 머리를 귀 뒤로 넘겨 주었다.

"엄마는 네가 직접 학교에 가서 문제를 해결해야 한다고 생각해. 이렇게 도망치면 안 돼."

"도망치는 거 아니야! 머리도 아프고 토할 것 같다고요."

내가 소리쳤다.

엄마가 내 이마에 손을 얹었다. 포근하고 부드럽고 시원했다.

"나 정말 몸이 안 좋아요."

난 베개를 베고 누워 눈을 감았다. 연기가 아니었다. 학교 갈 기운이 없었다.

"알았어. 오늘은 쉬어. 학교에 전화해서 아프다고 얘기할게."

나는 다시 돌아누워 벽을 바라봤다.

온종일 아무것도 하기 싫었다. 심지어 웹 사이트를 만드는 것도 사업 구상하는 것도 다 귀찮았다. 그냥 침대에 누워 음악을 들었다. 땡땡이를 치면 재밌을 줄 알았는데 심심해 죽을 것 같았다. 머릿속에 끊임없이 나디마가 맴돌았고, 그러면 다시 속이 울렁대고 불안했다.

종일 전화기에 불이 나도록 문자 메시지가 왔다. 메시지가 올 때마다 나디마에게 온 것이길 바랐지만 대부분은 릴리가 보낸 것이었다. 난 답장 보낼 기분이 아니어서 아무 대답도 안 했는데도 릴리는 계속 보냈다. 다정한 릴리.

✉ 괜찮아?

무슨 일이야?

아파?

릴리는 점심시간에 오빠 삼 형제 한 명을 찾아가 나한테 무슨 일이 있는지 물어본 모양이었다. 이런 문자가 왔다.

✉ 거스 오빠가 너 아프다더라.

많이 아플까 봐 걱정돼.

그다음에는 또 이렇게 보냈다.

✉ 다들 안부 전해 달래. 그리고 얼른 나으래.

그러고는 이런 문자가 또 왔다.

✉ 내일은 학교 올 거지?

난 내일도 학교를 빠질까 생각했다. 하지만 사방에 토하지 않는 다음에야 어림도 없는 일이다. 더구나 금요일에 학교에 가서 문제를 해결하지 않으면 주말에 엄마가 날 나디마네 집에 보낼지도 모른다. 그건 더 심각하다. 나디마 부모님을 만나야 하니까.

엄마 말이 맞다. 영원히 도망칠 수는 없는 일이다.

그래서 난 릴리에게 문자를 보냈다.

✉ 훨씬 좋아졌어.
내일 만나.
_재즈

내일이라니. 생각하고 싶지도 않다.

다음 날 아침, 나는 나디마를 만나려고 일찍부터 등교 준비를 했다. 아이들이 귀를 쫑긋 세우고 몰려들기 전에 나디마랑 단둘이 얘기하고 싶었다. 그러나 오빠 삼 형제는 "서둘러!"라는 말을 이해 못 하는 모양이었다. 느릿느릿 차로 걸어가는 모습을 보고 있자니 마치 달팽이 경주 같았다.

마침내 교실에 도착하자, 나디마는 카라랑 릴리를 양옆에 두고 앉아 있었다.

나를 보자 나디마는 얼굴을 확 붉히며 고개를 돌렸다. 아직도 나랑 말하기 싫은 모양이었다. 마음이 쿵 무너졌다. 하지만 난 티

내지 않기로 마음먹고 모두에게 애써 미소를 지었다.

"좀 괜찮아?"

카라가 내게 물었다. 비꼬는 말투가 분명했다.

하지만 릴리와 약속한 일을 떠올리며 이렇게 대꾸했다.

"좋아졌어. 고마워."

그런 다음 나디마가 옆자리로 오기를 바라며 내 자리에 앉았다. 하지만 나디마는 담임 선생님이 들어와 출석 확인을 할 때까지도 오지 않았다.

1교시는 프랑스어 시간이었다. 놀랍게도 릴리가 내 옆자리에 앉으며 말했다.

"기분 나쁜 거 아니지? 너 안 왔을 때 나디마 혼자 앉지 않게 하려고 내가 나디마랑 자리를 바꿨어. 그런데 나디마가 카라랑 굉장히 잘 지내더라고. 카라도 나디마를 잘 챙기고. 그래서 이대로 계속 앉기로 했어."

나는 말문이 막혔다.

"괜찮지? 우리 둘이 다시 같이 앉으니까 좋다."

"물론 좋지."

내가 웅얼거렸다. 좋은 게 당연하고 좋았어야만 했다. 하지만 카라가 또 한 건 했다는 느낌을 떨칠 수가 없었다. 어쨌거나 내게서 친구 한 명을 또 뺏어 간 셈이었다.

28. 사과 편지

집에 도착하자마자 엄마가 나디마랑 잘 풀었는지 물었다.

"아니요. 기회가 없었다고요! 나디마가 이제 카라랑 앉는단 말이에요."

내가 화난 목소리로 말했다.

"아……."

엄마는 놀란 눈치였지만 애써 티 내지 않았다.

"나디마랑 단둘이 있을 시간이 없었어요. 애들 다 있는 앞에서 그런 얘기 꺼내기 싫단 말이에요."

"그럼, 이제 어떻게 해야 할지 생각하면 되지."

엄마가 나를 품에 안으며 말했다.

눈물이 쏟아질 게 뻔해서 난 엄마 품에서 빠져나와 내 방으로 올라갔다.

침대에 앉아 이제 어떻게 해야 할지 생각했다.

카라를 절벽에서 떠밀어 버리거나, 백상아리가 가득한 수영장이나 독사가 우글거리는 구덩이에 던져 버리는 달콤한 공상에서 빠져나오고 나니 그런 말도 안 되는 시나리오는 아무 쓸모가 없고 스스로 해결해야 한다는 깨달음이 왔다.

컴퓨터를 쓰려고 아래층으로 내려갔더니 거스 오빠가 쓰고 있었다.

"오래 걸려?"

"몇 시간."

"나 잠깐만 쓰면 안 돼?"

"안 돼!"

"제발. 진짜 중요한 일이란 말이야."

오빠는 잠시 머뭇거리더니 나를 보며 물었다.

"진짜지?"

"어, 진짜야."

"알았어. 딱 10분이야."

"고마워, 오빠."

오빠는 위층으로 올라가며 말했다.

"도움 필요하면 말해. 다 쓰고 나서도 말하고."

나는 문서 창을 열었다. 그러나 난 텅 빈 문서를 멍하니 바라볼 뿐 단 한 줄도 쓸 수 없었다. 뭔가를 써야 할 때면 늘 이런 식이다.

하지만 다행히도 난 난독증 환자니까 이런 일을 해결할 멋진 전략이 있다. 뭘 쓸까 하는 고민을 멈추고 대신 무슨 말을 할까 생각하는 거다.

구글 번역기를 열고 영어 창에 '제송해요'를 친 다음 쿠르드어를 클릭했다. 결과는 이랬다.

영어	쿠르드어
im sory (제송해요.)	Sory im (해요제송)

내가 쓴 문장을 그냥 뒤집어 놓은 것 같은 의심이 들었다. 그리고 쿠르드어에서 늘 보았던 꼬불꼬불한 꼬리도 귀여운 모자 같은 것도 없었다.

엄마가 저녁 준비를 하러 부엌에 들어왔다가 내가 멍하니 컴퓨터 모니터를 바라보는 모습을 보았다.

"괜찮아?"

"나디마네 가족한테 보낼 사과 편지를 쓰고 있어요."

엄마가 다가와 어깨너머로 내가 쳐 놓은 글을 보았다.

"아, 정말 환상적이고 훌륭하고 탄탄한 계획인데 문제가 하나 있구나. 너는 쿠르드어를 못 하고, 나디마네 가족은 영어를 못 하고, 컴퓨터는 재즈어를 못 하네!"

나는 웃었다.

"네가 말하고, 엄마가 그걸 글자로 치면 어떨까?"

그렇게 엄마와 나는 짧은 편지를 썼다. 우리는 짧으면 짧을수록
좋다고 생각했다.

영어	쿠르드어
I'm sorry to get Nadima into trouble. (나디마에게 문제 생기게 해서 죄송해요.)	Ez xemgîn Nadima rabû nav belayê im.
I didn't know it was against the rules to sell things in school. (학교에서 물건 파는 게 교칙에 어긋나는 줄 몰랐어요.)	Min bi xwe nizanibû ku ew li dijî qaîdeyên bû bo firotina tiştên di dibistanan de?
Please can I be Nadima's friend? (나디마랑 친구 해도 될까요?)	

(보이지? 쿠르드어에는 귀여운 꼬리랑 모자가 잔뜩 나온다고.)

그런 다음 쿠르드어를 복사해서 문서 창에 붙인 다음 인쇄했다.

"가자!"

차 열쇠를 쥐고 나가며 엄마가 말했다.

"네? 지금요?"

"응. 바로 지금!"

난 온몸이 얼어붙었다.

"음……, 그렇게 좋은 생각 같지는 않은데요."

"엄마를 믿어 봐."

"그런데 나디마가 나한테 말도 안 하면요?"

"그런다고 너도 나디마한테 말 안 할 건 아니잖아."

"나디마 엄마 아빠가 나한테 화내시면 어떡해요?"

"겁내지 마! 괜찮을 거야."

"집에 들여보내지도 않으면 어떡해? 아, 좋은 생각이 났다. 그냥 우편함에 넣고 와요."

내가 큰 소리로 말했다.

"재즈 왓슨. 겁쟁이처럼 굴지 마!"

엄마가 내 팔을 잡고 자동차로 끌고 갔다.

29. 화해

 나디마 엄마가 문을 열더니 함박웃음을 지으며 들어오라고 했다. 그러고는 나디마를 아래층으로 불렀다. 물론 라샤랑 사미 그리고 나디마 아빠까지 모두 거실에 모여들었다.

 나는 나디마 엄마에게 편지를 내밀었다. 나디마 아빠도 함께 편지를 읽었다. 그러는 동안 나는 우두커니 선 채 몸이 오그라들고 부끄러워서 딱 죽고 싶었다.

 아무도 입을 열지 않았다. 정말, 정말 불편했다.

 나디마는 편지를 읽으려 들지도 않았다. 나한테 화가 나서 그러는 건지 아니면 부모님 앞에서는 그렇게 행동해야 하는 건지 알 수 없었다. 그때 나디마 부모님이 나디마에게 편지를 건넸다. 나디마가 편지를 읽고 나자 다들 잔뜩 인상을 쓰고 서로 쿠르드어로 이야기했다.

 나는 초조한 눈길로 엄마를 바라봤다.

마침내 나디마가 내게 편지를 내밀며 말했다.

"말 안 돼."

뭔가 잘못돼도 단단히 잘못된 게 분명하다.

그때 나디마가 좀 멋진 생각을 해냈다. 쿠르드어 편지를 번역기에 입력해서 다시 영어로 번역하는 것이었다. 나디마는 내게 휴대전화 화면을 보여 주었다.

문제가 미안합니다.

학교에서 상품 판매가 금지되는지 몰랐습니다.

제발 나는 안 그런다 약속할 수 없습니다.

나 대신 엄마가 소리 내어 읽었다.

나디마 말이 맞았다. 도무지 말이 안 됐다.

"뭐야? 어떻게 컴퓨터가 한 번역이 이래?"

내 말에 엄마가 실망스런 목소리로 말했다.

"그래서 내가 프랑스어 숙제할 때 컴퓨터 쓰지 말라 그러는 거야."

(엄마 말이 맞다. 프랑스어 선생님은 구글 번역기가 우리 반 애들보다도 못하다고 했다.)

"내가 쓴 건 이런 말이 아니야."

내가 나디마에게 천천히 말했다. 우리는 휴대 전화를 이쪽저쪽으로 주고받으며 수도 없이 썼다 지웠다 다시 썼다 더 많이 지웠다를 반복한 끝에 마침내 하려던 말을 서로에게 이해시킬 수 있었다.

어느새 엄마와 나디마 부모님은 식탁에 둘러앉아 커피를 마시고 있었다. 엄마는 사미를 안고 있었다. 라샤가 쭈뼛대며 엄마에게 로쿰을 내밀었다. 부엌에 로쿰이 산더미만큼 있겠다는 생각이 들자 한숨이 절로 나왔다.

나디마가 부모님께 내 편지의 최종판을 보여 주었다.

"아하!"

나디마 엄마 아빠가 동시에 말했다. 그러더니 웃음을 터뜨리며 고개를 끄덕였다.

이윽고 나디마 엄마가 다정하게 미소 지으며 말했다.

"재즈, 괜찮아. 너 나디마 친구야."

"너 좋은 친구야. 나쁜 친구 아니야."

나디마가 말했다. 그러더니 찡그리며 덧붙였다.

"나 미안해."

"아니야, 내가 미안해."

"아하. 내가 미안해."

나디마가 내 말을 따라 했다. 내가 영어를 고쳐 주는 줄 알았나 보다.

나는 아무 말 않고 나디마를 꼭 끌어안았다.

"어때? 내가 괜찮을 거라 그랬지?"

차에 타며 엄마가 말했다.

난 엄마를 보며 활짝 웃었다. 사실 괜찮은 정도가 아니었다. 환상적이었다. 나는 의자 위로 다리를 올리고 무릎을 감싸 안았다. 그런 다음 엄마의 휴대 전화를 차에 꽂고 집에 오는 내내 엄마의 케케묵은 고릿적 노래 모음을 함께 따라 불렀다.

30. 우정 팔찌

    오늘은 토요일이어서 나디마와 함께 시장에 가기로 했다. 나디마가 시장에 안 가 봤을 거 같아 내가 가자고 했다.

    "환상적이야!"

    색색으로 뒤덮인 가판대들을 두리번거리며 나디마가 눈을 반짝였다.

    "그렇게 대단할 건 없는데."

    내가 웃었다.

    나디마는 빙긋 웃으며 말했다.

    "고향 같아. 우리 시장 있어. 나 시장 좋아."

    나디마는 스카프가 진열된 가게로 나를 끌고 갔다.

    나디마가 짙은 주황색 스카프를 하나 집어 들며 말했다.

    "예쁘다! 이거 뭐라고 해?"

    "스카프."

"스카프. 나 이런 거 있었어. 근데 잃어버렸어."

"아……."

더 유용한 말이 떠오르지 않아 더 이상 말을 못 이었다.

"잘 어울리겠는데 한번 둘러 봐요."

주인아줌마가 말했다.

하지만 나디마는 스카프를 도로 내려놓았다.

"얘가 영어를 잘 못 해서요."

"나 영어 잘해!"

나를 슬쩍 밀며 나디마가 힘주어 말했다.

"나 영어 제법 한다고!"

그 말에 나와 아줌마가 모두 웃었다.

나디마가 선반에서 어두운 파란색 스카프를 꺼내 내 얼굴에 갖다 댔다.

"예뻐. 파란색. 네 눈동자 같아!"

나디마가 말하며 내 머리에 스카프로 히잡을 둘러 주었다.

주인아줌마가 웃으며 말했다.

"이 친구 말이 맞네. 눈동자 색이랑 잘 어울려요!"

나디마가 아줌마를 향해 물었다.

"이거 얼마?"

"8파운드예요."

"8파운드? 너무 비싸요. 미안. 나 5파운드 있어요."

나디마는 내 머리에서 스카프를 풀어서 가판대에 내려놓았다.

가판대 뒤로 액세서리 선반이 몇 개 있었다. 하지만 5파운드로 살 수 있는 것은 없었다. 나디마는 기다란 짙은 파란색 귀걸이를 골라 내 얼굴에 댔다. 귀걸이는 뚫은 귀용이었는데 난 귀를 안 뚫었다.

"구멍이 없어."

내가 귓불을 잡아당기며 말했다.

"아하! 내가 만들어 줄게."

나디마가 웃으며 장난으로 구멍 뚫는 시늉을 했다.

"어림없는 소리!"

내가 귀를 가리며 소리쳤다.

그때 한 쌍에 8파운드짜리 팔찌가 눈에 들어왔다. 실을 꼬아 만들었는데 금속 하트가 대롱대롱 매달려 있었다. 하나는 분홍 줄에 은색 하트가 달렸고, 다른 하나는 파란 줄에 금색 하트였다. 하트에는 구불구불한 글자로 뭔가가 새겨 있었다.

"BFF라고 쓰여 있는 것 맞아요? 여기서는 잘 안 보여서요."

내가 아줌마에게 묻자 아줌마가 고개를 끄덕이며 내게 팔찌를 건넸다.

"딱 우리를 위한 거야."

나는 팔찌를 나디마에게 보여 주었다.

"BFF는 Best Friend Forever의 줄임말인데 영원한 단짝이란 뜻이야."

하트를 가리키며 나디마에게 설명했다.

나디마는 눈을 반짝이며 함박웃음을 지었다.

"맘에 들어!"

"한 사람당 4파운드밖에 안 해."

나는 손가락 네 개를 펴 나디마와 나를 번갈아 가리켰다.

우리는 팔찌를 샀다.

나는 나디마에게 먼저 고르라고 했다. 나디마는 파란 줄에 금색 하트를 고르더니 (이게 더 예뻤다.) 내게 건넸다!

서로의 손목에 팔찌를 묶어 주며 내가 물었다.

"시리아에서 단짝 친구 있었어?"

나디마는 속상할 때 짓는 그 굳은 얼굴이 되었다.

"응. 이름 자말이야."

"아직 시리아에 있어?"

나디마가 인상을 쓰며 고개를 돌렸다.

"미안해."

나는 나디마의 어깨를 감싸며 말했다.

하지만 나디마는 내 팔을 슬쩍 치우며 말했다.

"괜찮아. 아마 자말 괜찮을 거야. 자말 괜찮으면 좋겠어. 정말 좋겠어."

"걔는 어떤 애였어? 자말 말이야."

자말을 떠올리며 나디마는 따뜻한 미소를 지었다.

"웃겨. 착해. 똑똑해. 자말 너 같아."

나디마가 말했다.

31. 왕실 보석 도난 사건

월요일에 교실로 들어가자 나디마가 클로이랑 엘리에게 팔찌를 자랑하고 있었다.

"너 어어무 예쁘다."

엘리가 말했다.

"나도 있어. 둘이 한 쌍이야."

내가 나디마에게 몸을 기대며 손목의 팔찌를 보여 주었다.

그러자 엘리가 클로이를 바라보며 말했다.

"우리도 살까?"

"내가 분홍 줄에 은색 하트 할 거야."

클로이가 말했다.

"맙소사, 클로이! 넌 너무 분홍분홍해."

내가 웃으며 말하자 다른 아이들도 같이 웃었다.

그때 카라가 릴리와 함께 들어오며 아이들에게 왜 웃는지 물었다.

엘리가 설명해 주자 카라가 나디마의 손목을 확 끌어당겼다.

"와, 어디 좀 보자!"

"예뻐, 그치?"

나디마가 생긋 웃으며 말했다.

"응, 예뻐. 이것 좀 봐, 릴리! 하트에 '영원한 단짝'이라고 쓰여 있어."

카라가 말했다.

별안간 나는 속이 싸했다. 나랑 나디마가 단짝 팔찌를 하면 릴리가 어떤 기분일지 왜 미처 헤아리지 못했을까? 릴리가 카라랑 단짝 팔찌를 했다면 난 마음이 무너졌을 거다.

난 조마조마한 마음으로 릴리 얼굴을 쳐다봤다. 하지만 릴리가 한 말은 "조그만 하트 진짜 예쁘다."가 다였다.

어찌나 다행스럽던지! 그때 엘리가 자기랑 클로이를 가리키며 말했다.

"우리도 할 거야."

그러자 카라도 릴리에게 말했다.

"우리도 하자!"

"좋아!"

릴리의 말에 난 속이 뒤틀리며 울렁거렸다.

이렇게 끝인가? 릴리랑 나는 이제 단짝이 아닌 건가? 릴리는 이제 공식적으로 카라와 단짝이 되었다. 목이 꽉 메어 당장 화장실로 달려갈 참이었다. 안 그러면 반 애들 다 보는 앞에서 눈물을 터뜨리고 말 테니까.

그런데 그때 릴리가 그야말로 사랑스럽고 릴리다운 행동을 했다. 릴리가 나를 향해 웃으며 말했다.

"그럼 우리 다 같이 영원한 단짝이네!"

가슴 속에 얹힌 돌덩이가 초콜릿 분수처럼 사르르 녹아내렸다.

그렇게 월요일 아침이 근사하게 시작됐다. 그리고 이내 한층 더 근사해졌다. 담임 선생님이 출석 확인을 한 다음 곧바로 다음 주가 자선기금 모금 주간이라고 말해 주었기 때문이다.

"모두 최선을 다해 모금 방법을 생각해 오세요. 가장 모금을 많이 한 팀에게는 상을 줄 거예요."

"좋았어!"

라이언과 리암이 허공에 주먹을 휘두르며 외치자, 다들 어떻게 모금을 할 건지 정신없이 떠들기 시작했다.

킥킥! 나는 이미 생각했다. 아무도 내게 명함도 못 내밀 대단한 생각을! 학교 역사상 누구도 달성 못 한 금액으로 1등을 차지하고야 말 테다!

아이들 모두 연극 수업 교실로 몰려갈 때만 해도 난 여전히 날

아갈 것 같은 기분이었다. 연극 선생님은 지난주에 상자 이야기를 어디까지 진행했었는지 다들 떠올려 보라고 했다. 나디마랑 나만 아이디어조차도 내지 못하고 있었다.

나디마가 공책과 펜을 꺼내며 말했다.

"우리 이야기 만들어, 맞지?"

맞아, 그래. 참고로 난 이야기 짓는 데는 젬병이다. 어떻게 하는지 감도 못 잡겠다.

내가 손을 번쩍 들자 연극 선생님이 다가왔다.

"이건 불가능해요. 나디마는 이야기 지을 만큼 영어를 잘하지 못해요."

"지난주에 하던 내용은 어떻게 됐니?"

선생님은 카프탄드레스 자락을 모으며 바닥에 앉았다.

난 로쿰 판매 계획 얘기란 걸 깨닫고 인상이 절로 찌푸려졌다.

"어, 그게……, 잘 안 됐어요."

내가 말했다. 정말 그랬으니까.

"그럼 다른 이야기를 생각하면 되지."

"그런데 어떻게 시작해야 할지도 모르겠어요."

"아, 그렇다면 내가 도와줄게. 너희 둘이 공통으로 좋아하는 게 뭐니?"

선생님이 물었다.

대체 왜 나디마가 뭘 좋아하는지 내가 알 거라 생각하는 거지?

난 릴리가 뭘 좋아하는지는 정말 많이 안다. 좋아하는 색은 청록색, 행운의 숫자는 7, 좋아하는 피자는 햄이랑 파인애플이 든 피자. 좋아하는 밴드, 좋아하는 영화, 심지어 좋아하는 책도 안다. 하지만 나디마가 뭘 좋아하는지는 모르겠다.

그 순간 나는 천재답게 나디마와 처음으로 나눴던 이모티콘 대화를 떠올렸다.

"잠깐만요!"

나는 휴대 전화를 들고 잽싸게 문자 메시지를 샅샅이 훑었다.

"우리 둘이 뭘 좋아하는지 알려 드릴 수 있어요. 음악, 춤, 영화 보러 가기, 또 팝콘, 햄버거, 감자칩, 피자, 케이크, 아이스크림, 그리고 초콜릿이요."

그때 단짝 팔찌가 떠올라 덧붙였다.

"그리고 액세서리요."

"훌륭해! 훌륭해!"

선생님이 건성으로 칭찬을 쏟아 냈다.

"그러니까 너희 둘 다 액세서리를 좋아하는데 주제는 '상자'라……. 그렇담 두 개를 합치면……?"

선생님이 내게 기대에 찬 눈길을 보냈다.

"음…… 보석 상자?"

"그렇지! 훌륭해! 보석이나 보물 같은 걸로 시작하면 되겠어. 어마어마하게 값비싼 보석이 사라지는 건 어때? 도난 사건 같은 거 말이야."

선생님이 신이 나서 말했다.

"뭐, 영국 왕실 보석 훔치는 얘기 같은 거요?"

내가 비꼬는 투로 말했다.

비꼬는 말투는 아랑곳하지 않고 선생님이 말했다.

"훌륭해. 진짜 훌륭해! 아주 멋진 생각이야. 왕실 보석 훔치는 이야기를 만들어 봐!"

선생님은 카프탄드레스 자락을 끌어당기며 일어서더니 횡하니 가 버렸다.

무슨 뚱딴지 같은 생각이람? 그래도 없는 것보단 나았다. 나는 한숨을 푹 내쉬고는 구글에서 '왕실 보석'을 검색해 나디마에게 사진을 보여 줬다.

"아하! 알아! 왕실 보석. 영국 왕실. 엘리자베스 여왕. 버킹엄 궁전!"

나디마가 활짝 웃으며 말했다.

나디마가 그런 단어를 알다니 웃음이 터져 나왔다. 하긴 관광객들도 많이 아는 단어이긴 하다.

"왕실 보석을 훔치려는 사람 얘기를 만들어야 해."

"이해 안 돼."

나는 '훔치다'를 휴대 전화에 쳐서 쿠르드어로 나디마에게 보여 주었다.

나디마는 헉 하고 놀라는 척하더니 농담을 했다.

"우리 왕실 보석 훔쳐? 재즈, 안 돼!"

나디마와 나는 함께 까르르 웃었다. 그때 선생님이 몇몇 모둠에게 지금까지 한 것을 아이들 앞에서 연기해 보라고 했다.

그래서 우리는 카라와 릴리가 멜로드라마처럼 눈밭에서 아기를 찾는 장면을 지켜보아야 했다. 카라가 주인공으로 아기를 찾는 역을 맡았다. 릴리는 눈 오는 음향 효과를 냈다.

"휘이잉 휘잉."

릴리가 연거푸 소리를 냈다.

카라는 아기를 끌어안고 눈보라와 맞서 싸우는 시늉을 했다. 그러다 불쑥 릴리가 뛰어나오더니 으르렁대기 시작했다. 곰 같기도 하고 설인 같기도 했다.

카라는 잔뜩 겁에 질려 아기를 끌어안으며 몸을 숙였다. 그러더니 느닷없이 노래를 부르며 설인을 (곰인가? 아, 뭐가 됐든.) '길들이기' 시작했다. 그러자 릴리가 바닥에 드러누웠고 그런 다음 고맙게도 연극이 끝났다.

"저희가 준비한 것은 여기까지입니다."

별것 아니라는 듯 카라가 말했다.

"환상적이야. 환상적이야!"

선생님이 정신없이 박수를 치며 들뜬 목소리로 말했다.

민망함은 우리들 몫이었다.

이어서 연극 선생님은 리암과 라이언을 지목했다. 리암과 라이언은 스타워즈 비슷한 액션 넘치는 장면을 연기했다. 이리저리 정신없이 뛰어다니며 서로 말도 안 되는 소리를 질러 댔다.

"받아라!", "으으으!", "쾅쾅!", "피융!" 따위의 소리였다. 정말 밑도 끝도 없었다. 이야기는 엄청난 광선검 싸움 끝에 둘 다 죽으며 끝을 맺었다. 두 사람의 최후의 몸부림은 아주 끝내줬다. 다들 미친 듯이 박수를 쳤다. 그러자 리암과 라이언이 벌떡 일어나 배우들처럼 인사했다.

카라가 샘이 나서 죽으려고 하며 말했다.

"저게 상자랑 무슨 상관이야?"

다행히 종이 울리는 바람에 선생님이 다른 모둠을 또 지목하지는 않았다.

나디마와 내가 부리나케 복도로 탈출하는데 선생님이 등 뒤에 대고 큰 소리로 말했다.

"너희 둘 이야기 진짜 기대할게!"

나디마랑 내가 무슨 수로 왕실 보석 절도 사건 이야기를 꾸미겠어? 차라리 훔치는 편이 더 쉽겠네.

선생님들이 불가능한 일, 그러니까 망할 게 뻔한 일을 시키는 거 진짜 짜증 나지 않아? 그것도 반 애들 다 있는 앞에서.

연극 과제가 어이없는 정도였다면 역사 선생님이 내준 숙제는 핵폭탄급이었다.

32. 가계도 숙제

역사 시간에 우리는 튜더 왕조에 대해 공부했다. 내가 이해한 바로는 헨리 8세가 줄줄이 이혼하거나 처형한 부인들 목록과 느닷없이 수도원 재산을 몰수했다는 사실을 배우는 게 전부다. (이런 매력 짱 왕이라니!)

역사 선생님은 숙제로 가계도를 그려 오라고 했다. 이 숙제 때문에 카라는 점심시간에 본격 멜로드라마를 찍었다. 점심 식사를 마치기가 무섭게 카라가 머리칼을 뒤로 넘기며 말했다.

"난 숙제 안 할 거야. 짜증 나는 양아버지랑 그 끔찍한 애들을 가계도에 그려 넣고 다 같이 행복한 대가족인 척할 순 없어."

카라가 분통을 터뜨렸다.

"그냥 빼 버리면 안 돼?"

클로이가 넌지시 말했다.

"그런다고 해도 우리 아빠는 어디다 넣어?"

"엄마 옆에 넣으면 되잖아."

엘리가 말했다.

"안 돼! 그럼 엄마 아빠가 아직 부부인 것 같잖아. 안 그래?"

카라가 소리쳤다.

"이혼했다고 조그맣게 메모를 덧붙이면 어때?"

릴리의 말에 카라가 발끈하며 말했다.

"조그맣게 메모를 덧붙이라고? 부모님이 이혼한 게 어떤 건지 조그만 메모 하나면 다 설명이 되니까?"

릴리가 얼굴이 새빨개져서 말했다.

"그런 뜻 아니야! 내 말은 분명 가계도에 이혼을 표시할 방법이 있을 거란 뜻이었어. 딴 애들한테 어떻게 쓸 건지 물어봐. 재즈 엄마 아빠도 이혼하셨잖아."

"재즈 부모님이 이혼하셨어?"

클로이가 물었다.

"그런 줄 몰랐어."

엘리도 말했다.

"엄청 고맙다, 릴리. 아예 확성기에 대고 동네방네 떠들지 그래?"

"뭐가 문제야? 비밀도 아니잖아."

릴리가 톡 쏘아붙였다.

"그렇다고 다들 입방아 찧어도 된다는 뜻은 아니야."

"너희 둘 다 이게 그렇게 요란 떨 일이야?"

릴리가 말했다.

"네가 뭘 알아? 다들 너처럼 완벽한 가족이 있는 건 아니라고!"

나도 함께 쏘아붙였다.

릴리는 내게 뺨이라도 맞은 듯한 표정이 되었다. 그러자 카라가 릴리의 어깨를 감싸며 내게 소리쳤다.

"못되게 굴지 마, 재즈!"

"네가 먼저 시작했잖아!"

나도 맞받아쳤다.

카라는 대꾸도 않고 릴리를 달래느라 정신이 없었다.

내가 뭐 때문에 카라와 잘 지내보려 했는지 모르겠다. 카라는 늘 이런 식이다. 늘 어떻게든 나랑 릴리 사이를 갈라놓는다.

나는 자리를 박차고 일어났다.

어떻게 이럴 수가 있지? 어떻게 나만 잘못한 게 돼 버리냐고. 릴리한테 먼저 못되게 군 건 카라인데.

오후 내내 카라는 내가 릴리에게 말 걸 틈을 내주지 않았다. 그래서 난 스쿨버스에서 릴리에게 문자 메시지를 썼다.

✉️ 릴리,

소리 질러서 미안해.

너무 속상해서 그랬어. 왜냐면

하지만 더 이상 다음 말을 쓸 수 없었다. 내가 속이 상한 이유는 릴리가 애들 앞에서 우리 아빠 얘기를 꺼냈기 때문이었다. 그래서 나는 마지막 말은 지우고 보내기를 눌렀다.

가계도 숙제를 생각할수록 점점 더 마음이 복잡해졌다. 난 아빠가 없어도 아무렇지 않았다. 내가 아주 어렸을 때 아빠가 집을 떠나서 아무 기억도 안 나니까. 그래도 가계도에 아빠를 넣는 건 진짜 싫었다. 카라가 왜 양아버지를 가계도에서 빼고 싶어 하는지도 딱 이해가 됐다. 어떻게 해야 하나 엄마에게 물어볼까도 생각했지만 그러면 엄마 마음이 아플까 봐 걱정스러웠다. 엄마는 아빠 얘기를 입에도 안 올린다.

그러다 슬슬 화가 났다. 도대체 역사 선생님이 무슨 권리로 나와 우리 가족에 대해 알려는 거지? 내가 선생님한테 혹시 이혼했는지, 전남편은 재혼했는지 물어보면 기분이 어떻겠냐고. 우리는 선생님 사생활을 아무것도 모르는데 왜 선생님은 꼬치꼬치 캐묻는 건데!

33. 'D'는 사망이란 뜻이야

나는 나디마에게 가계도 숙제를 도와주겠다고 약속했다. 그래서 목요일 저녁에 식사 준비를 마치고 (바비큐 소스를 바른 닭고기와 감자칩 그리고 샐러드를 만들었다. 대단하지?) 나디마네 집으로 갔다. 나디마 엄마가 사미를 안고 위층으로 올라가고 있었다.

사미가 나를 보자 팔을 버둥대며 말했다.

"재즈 누나! 재즈 누나!"

나디마 엄마가 곤란한 얼굴로 나를 쳐다보며 말했다.

"사미가 안기고 싶어 하네?"

나는 활짝 웃으며 사미를 받아 허리춤에 툭 걸쳐 안았다.

"목욕 시간이야."

나디마의 말에 우리는 욕실로 들어갔다.

욕실에는 색색의 스펀지 글자가 잔뜩 붙어 있었다. '수도꼭지', '비누', '세면대', '변기' 같은 영어 단어였다.

나디마가 욕조에 물을 받아 사미를 안에 넣었다. 나는 비눗방울을 만들어 사미에게 터뜨리라고 했다. 사미가 조그만 손가락으로 비눗방울을 터뜨릴 때마다 내가 '빵' 하고 소리쳤다. 그러면 사미는 까르르 웃었다.

"사미, '빵' 해 봐."

내가 말하자 사미는 앙증맞고 통통한 입술을 오물거리며 "빵!" 하고 말했다. 너무 귀여워서 깨물어 주고 싶었다. 사미를 씻긴 후 나디마와 나는 사미에게 기저귀를 채우고 잠옷을 입혔다. 귀가 축 늘어진 아기 토끼로 뒤덮인 최고로 사랑스러운 옷이었다.

"토깽이."

토끼를 가리키며 내가 사미에게 말했다.

"아니야, 재즈. 토끼."

맙소사! 나디마의 영어 실력이 이제 나를 고쳐 줄 정도로 늘었다.

사미를 재운 후 나디마와 나는 숙제를 시작했다. 난 내가 먼저 우리 집 가계도를 그리면 나디마가 따라 할 수 있을 거라 생각했다.

우리 엄마부터 시작했다.

"케이트 왓슨. 우리 엄마야."

내가 종이 가운데 엄마 이름을 쓰며 말했다. 그 옆에 엄마 생일을 적었다.

"엄마 생일."

나디마가 고개를 끄덕끄덕했다.

그런 다음 엄마 이름 옆에 조그맣게 'M'이라고 표시한 다음 '톰 왓슨'이라고 썼다. 우리 아빠다. 아빠 생일은 언제인지 몰라 안 적었다.

"M은 둘이 결혼(Married)했다는 뜻이야."

"케이트 왓슨, 톰 왓슨 결혼했어."

나디마는 자신이 이해했다는 걸 알려 주려 단어를 짚으며 말했다.

"맞아. 아니야! 잠깐, 잠깐만!"

나는 엄마 성 '왓슨'에 줄을 쫙 긋고 대신 '쿠퍼'라고 썼다.

"우리 엄마 성은 아빠랑 결혼하기 전에 쿠퍼였어."

그러고는 'M'에서 아래쪽으로 선을 쭉 그은 다음 그 끝에다 다시 옆으로 선을 긋고는 오빠들 이름과 내 이름을 적었다.

"보이지? 이건 우리가 엄마와 아빠 사이에서 태어난 자식이란 뜻이야."

내가 설명했다.

"응. 알았어."

그러더니 나디마는 아빠 이름을 가리키며 슬며시 물었다.

"톰 왓슨. 너희 아빠야?"

"응."

"아빠 없어?"

나디마가 조심스레 물었다.

"없어. 아빤 우리를 떠났어. 집 나갔어."

"돌아가신 줄 알았어."

나디마가 안도의 한숨을 내쉬며 말했다.

"이혼했어. 이제 같이 안 살아."

내가 아무렇지 않은 듯 말했다.

"슬퍼."

나디마의 까만 눈이 안쓰러움으로 가득했다.

"오래전 일이야. 아빠를 만나지도 않아."

"더 슬퍼."

나디마가 시무룩한 얼굴로 말하더니 내 어깨를 감쌌다.

이상한 일이지만 지금까지 한 번도 슬픈 생각이 안 들었다. 아빠는 내가 태어나자마자 떠났고 그 후론 만나지 못했으니까. 크리스마스카드 한 장 보낸 적 없었고 생일날 축하도 해 주지 않았다. 아빠는 내가 어떻게 생겼는지도 모를 거다. 어쩌면 오빠들과 나 모두 아빠의 관심을 애타게 기다렸는지도 모른다. 문득 아빠를 가계도에 안 넣었으면 좋았을걸 하는 생각이 들었다. 아빠 이야기를 해야 하는 것도 싫었지만 그보다는 아빠가 거기 들어갈 자격이 없기 때문이다. 아빠는 우리 가족이 아니니까.

난 집에 가서 가계도를 찢어 버리고 처음부터 다시 그리기로 마음먹었다.

난 얼른 엄마 위쪽으로 선을 긋고 외할머니와 외할아버지 이름을 써넣었다. 외할머니, 외할아버지 생신은 몰라서 엄마한테 물어보고 적기로 했다. 하지만 외할아버지가 언제 돌아가셨는지는 안다. 2년 전이다. 나는 'D'라고 쓰고 연도를 썼다.

나디마가 'D'를 짚으며 물었다.

"무슨 뜻이야?"

"D는 사망(Dead)이란 뜻이야. 죽었다고."

"아……."

나디마가 나직이 말했다.

이제 나디마네 가계도를 그릴 차례다. 시작은 괜찮았다. 나디마는 부모님 이름을 쓰더니 사미, 라샤 그리고 자기 이름을 써넣었다. 그러고는 엄마 아빠 양쪽에 선을 긋고 삼촌, 외삼촌, 고모, 이모 이름을 쓰기 시작했다.

"타렉 삼촌, 니자르 삼촌, 아메나 고모, 이쪽엔 자다 이모랑 사이드 외삼촌, 또 카람 외삼촌과 라님 이모."

"무슨 삼촌이랑 이모, 고모가 이렇게 많아?"

내가 놀란 목소리로 말했다.

"그렇지? 애들도 진짜 많아."

"애들이라고? 너 애도 있어?"

난 일부러 못 알아듣는 척하며 나디마를 놀렸다.

"아니야! 삼촌이랑 고모, 이모네 애들."

나디마가 웃었다.

"사촌."

내가 말했다.

"사촌."

나디마는 내 말을 따라 하더니 사촌들 이름을 모두 써넣었다.

"대가족이네! 사진 있어?"

나디마는 "응." 하고 대답하더니 노트북을 열었다.

이런 대가족이면 사진이 수백 장은 있을 거라 기대했다. 그런데 고작 몇 장이 다였다. 나디마가 사진을 휙휙 넘겼다. 아이들 몇 명이 축구하는 모습, 무릎에 어린 아기를 안고 카페에 있는 여자들, 아이들 한 무리가 소파에 끼어 앉아 무언가를 보며 웃는 모습, 아기를 데리고 정원에 있는 나디마의 부모님…….

아기를 가리키며 내가 물었다.

"이 애 사미 맞지?"

"응. 여긴 우리 집이야."

마지막 사진은 많은 사람이 함께 식사하는 모습이었다. 다들 웃거나 미소 짓고 있었다.

"이드 명절. 커다란 파티야."

"커다란 가족이고."

내 말에 나디마가 싱긋 웃었다.

나는 나디마랑 닮은 어린 소녀를 가리켰다.

"이거 너야? 너 어렸을 때?"

"아니, 사촌 이시타. 이 아기는 이시타 여동생 아미라. 나 어릴 때 사진 없어."

"뭐? 사진이 하나도 없다고?"

"없어. 사진 없어졌어. 이 사진들 다행히 휴대 전화에 있었어."

나디마는 말을 마치고는 고개를 돌려 다시 가계도를 그렸다.

나디마는 조심스럽게 그리고 매우 단정하게 몇몇 이모, 고모, 삼촌들 이름 아래 조그맣게 'D'를 표시했다.

나는 난처한 얼굴로 다시 일러 주었다.

"나디마, 'D'는 사망이란 뜻이야. 이분들 다…… 돌아가셨어?"

나디마는 고개를 끄덕였다.

별안간 무언가가 종이 위로 툭 떨어지더니 잉크가 번졌다. 눈물이 나디마의 얼굴을 타고 줄줄 흘러내렸다. 그런데도 나디마는 계속 썼다.

"나디마, 그만해. 안 해도 돼."

내가 나디마의 어깨를 감싸 안으며 말했다.

그러나 나디마는 나를 밀쳐 내고 사촌들 이름 옆에 'D'를 표시했다. 어느덧 나디마는 흑흑 흐느끼고 있었다.

"나디마, 그만해! 제발 그만해!"

나는 사정하며 나디마에게서 펜을 뺏으려 했다. 하지만 나디마는 다시 낚아채 계속 써 내려갔다. 나디마는 몸을 떨며 흐느꼈고 어떻게 해도 달랠 방법이 없었다.

나는 계단을 두 칸씩 뛰어 올라가 나디마 엄마에게 갔다. 나디마 엄마는 이층 침대 아래 칸에서 라샤에게 자장가를 불러 주고 있었다. 내가 방으로 와락 뛰어 들어가자 두 사람은 화들짝 놀랐다. 나는 나디마 엄마의 팔을 끌어당기며 다급하게 말했다.

"좀 와 보세요! 얼른요! 나디마가 울어요."

라샤는 잔뜩 겁먹은 얼굴이었다.

난 라샤에게 침대에 있으라고 손짓했지만 라샤는 엄마 손을 꼭 쥐었다. 하는 수 없이 함께 아래층으로 뛰어 내려갔다.

나디마는 숙제 위에 엎드려 흐느끼고 있었다. 라샤는 두려움으로 눈이 보름달만 해지더니 덩달아 울기 시작했다. 나디마 엄마가 다정하게 나디마를 끌어안으며 쿠르드어로 말을 건네자, 나디마가 흐느끼며 몇 마디 대답했다. 나디마 엄마는 숙제와 노트북의 사진을 들여다봤다. 그러더니 고통스러운 듯 얼굴이 천천히 일그러졌고, 나디마와 라샤를 꼭 끌어안고 흐느끼기 시작했다.

난 어찌해야 할 바를 몰랐다. 할 수 있는 일이 하나도 없었다. 위층으로 올라가 사미가 괜찮은지 확인했다. 사미는 한쪽 팔 아래 파란색 곰 인형을 두고 곤히 잠들어 있었다. 조그마한 입으로 쌔근쌔근 부드러운 숨소리가 새어 나왔다. 내가 어렸을 때는 아무리 시끄러워도 아무 데서나 잠이 들었다고 엄마가 늘 말했다.

"폭탄이 터져도 안 깨고 잘 거야."

엄마는 농담하곤 했다.

하지만 사람은 폭탄을 못 견딘다.

나디마의 삼촌, 이모, 고모, 사촌들은 폭탄을 못 견뎠다.

깊게 잠이 든 사미를 뒤로 하고 나는 아래층으로 내려왔다.

나는 거실 문간에 우두커니 서서 나디마네 가족을 지켜봤다. 나디마 엄마는 나디마와 라샤를 꼭 끌어안고 여전히 흐느끼고 있었다. 나는 현관 밖으로 나와 살며시 문을 닫고는 집을 향해 걸었다.

난 사람들이 우는 모습을 많이 봤다. 꼬마들뿐 아니라 릴리랑 다른 친구들이 우는 것도 봤고, 오빠들 우는 모습도 봤다. 흔한 일은 아니지만 어른들이 우는 것도 봤다. 엄마도 외할아버지 장례식에서 눈물을 보였다.

하지만 누군가 이토록 아파하는 모습은 본 적이 없었다.

34. 격리실 법칙

다음 날인 금요일 아침, 나는 학교에 도착하자마자 교무실로 쳐들어가서 역사 선생님에게 따졌다.

"가계도 그리기가 얼마나 멍청한 숙제인지 알기는 하세요? 나디마네 집에 숙제 도와주러 갔었다고요. 그런데 알고 보니 나디마네 가족은 시리아에서 정말 많이 죽었어요. 엄청나게 많이요. 나디마네 가계도는 온통 'D'로 도배됐어요. 선생님은 나디마네 가족을 힘들게 만들었어요! 나디마네 가족은 엉엉 울었다고요!"

이미 역사 선생님의 얼굴은 새하얗게 질려 있었고, 교무실 안은 쥐 죽은 듯 조용했다.

"숙제 내기 전에 생각 좀 하시라고요!"

나는 계속 소리쳤다.

"아니면 '아, 우리 반에 시리아에서 온 난민이 있지? 그럼 온 가족 도표를 그리라고 해야겠군. 언제 태어나고 죽었는지 다 적어 내라고 해야지.' 이런 생각이라도 하신 거예요?"

역사 선생님은 얼이 빠진 것 같았다. 곁눈으로 나를 향해 다가오는 교장 선생님이 보였다. 하지만 난 아직 할 말이 남아 있었다.

"무슨 권리로 학생들 사생활을 꼬치꼬치 캐는 거죠? 우리에게도 밝히고 싶지 않은 비밀이 있다고요."

이제 역사 선생님은 눈물을 터뜨릴 것 같은 얼굴이 되었다.

"재즈 왓슨! 그만하면 됐어! 교장실로 와. 당장!"

교장 선생님이 고함쳤다.

교장 선생님은 나를 교장실로 데려가서 문을 꽝 닫았다. 여느 때처럼 교장 선생님은 앉고 나는 책상 앞에 세웠다.

"어떻게 감히 교무실에 쳐들어가서 선생님께 소리를 지를 수 있지?"

교장 선생님이 호통쳤다.

"왜냐면 선생님이……."

교장 선생님이 손을 들어 내 말을 막았다.

"이건 도저히 용납할 수 없어."

"하지만 역사 선생님이……."

"말 끊지 마."

어쩜 이렇게 불공평하지? 교장 선생님은 내게 설명할 기회조차

주지 않았다.

"이번 난동을 교사를 향한 공격 행위로 간주하겠다. 그 뜻은 이 일로 내가 너를 공식적으로 퇴학시킬 수 있다는 뜻이다."

헉 소리가 절로 나왔다. 퇴학이라고?

"알아듣겠니?"

교장 선생님이 단호하게 말했다.

"네, 그런데 저도 말할 기회를 좀……."

"아니, 듣지 않겠다."

"그건 불공평해요!"

내가 소리쳤다.

교장 선생님은 싸늘하게 한쪽 눈썹을 치켜올리며 경고했다.

"내 앞에서 소리 높이지 마. 네 목소리는 오늘 아침 넘치게 들었으니까. 이제 격리실로 가서 쉬는 시간까지 거기 있도록 해. 난 너희 어머니께 전화를 드려 네 행동에 대해 의논할 거다. 그런 다음 어떻게 할지 결정하겠다."

나는 교장실을 걸어 나와 격리실로 씩씩대며 들어갔다. 퇴학시킬 테면 시키라지. 난 상관없으니까! 나한테 더 중요한 일은 나디마랑 나디마네 가족을 지켜 주는 거다. 게다가 엄마도 내 편을 들어줄 게 뻔하다.

아, 이 얼마나 얼토당토않은 생각이었나?

35. 분노가 부글부글

엄마는 입술을 굳게 다문 채 근심 가득한 얼굴로 교장 선생님 맞은편에 앉았다.

이번에는 나도 앉았다. 하지만 교장 선생님이 엄마에게 교무실에서 있었던 일을 낱낱이 전하는 동안 나는 잠자코 앉아 있어야 했다. 내가 '불쑥 쳐들어와'서 '전혀 정당한 이유도 없이' '전적으로 부적절한' 방식으로 역사 선생님께 '고래고래 소리를 질렀다'는 얘기였다.

완전히 불공평했다. 교장 선생님은 역사 선생님에게는 눈곱만큼도 잘못이 없고 모조리 내 잘못인 양 말했다. 너무 억울해서 내가 설명하려 들자 엄마가 입 다물라는 눈빛을 보냈다.

난 팔짱을 낀 채 속을 부글거리며 다시 의자에 몸을 파묻었다.

그러자 교장 선생님은 계속해서 내 행동이 얼마나 '공격적이고 위협적'이었는지, 또 그 후로 역사 선생님이 얼마나 '충격을 받고 상심했는지' 이야기했다. 누가 들으면 내가 선생님을 때리기라도 한 줄 알겠네! 마침내 교장 선생님의 말이 끝나자 엄마가 나를 쳐다봤다.

"재즈, 너무 충격적이고…… 그리고……."

엄마는 마땅한 단어를 찾느라 애쓴 끝에 말했다.

"네 행동에 경악을 금치 못하겠구나."

"나디마랑 나디마네 가족을 위해 그런 거예요. 역사 선생님의 멍청한 숙제가 나디마네 가족한테 무슨 짓을 했는지 알려 준 것뿐이라고요!"

내가 따졌다.

"교무실에서 선생님께 소리치는 건 옳은 방법이 아니야."

엄마가 단호하게 말했다.

"그럼, 학생은 선생님한테 그 멍청한 숙제가 얼마나 배려 없고 잔인한지, 그 숙제 때문에 나디마네 가족이 얼마나 울었는지 말도 못 해요?"

난 마구 대들었다.

"교무실로 쳐들어가서 이성을 잃고 화를 낼 거면, 안 돼."

엄마가 말했다.

그러자 교장 선생님도 거들었다.

"재즈. 선생님께 숙제가 무신경하다고 말했다고 격리실에 보낸

게 아니야. 선생님께 소리친 너의 공격적인 태도 때문이었다고.”

“공격적이지 않았어요!”

내가 소리쳤다.

“그게 바로 공격적인 태도야. 좀 진정해.”

엄마가 나를 제지했다.

나는 화가 머리끝까지 끓어올라 다시 의자에 몸을 던졌다.

교장 선생님이 엄마에게 말했다.

“재즈 어머니. 제 권한으로 재즈를 퇴학시킬 수도 있지만, 그렇게 하고 싶진 않군요.”

엄마 얼굴이 백지처럼 하얘졌다.

“재즈는 점심시간까지 다시 격리실에 두겠습니다. 퇴학 조치하는 것보단 어머님께 맡기지요.”

“감사합니다. 재즈가 역사 선생님께 직접 사과드리도록 하겠습니다.”

“네?”

난 내 귀를 의심했다. 교장 선생님이 일어서며 말했다.

“재즈 어머니, 이렇게 와 주셔서 감사합니다. 부모님의 협조는 정말 안심이 되죠.”

엄마가 고개를 주억거리고는 나를 바라보았다.

“나중에 얘기하자, 재즈.”

엄마가 그렇게 화난 모습은 본 적이 없었다.

그다음 2교시 동안 나는 격리실에 갇혀 수학 문제를 풀었다. 시간이 굼벵이처럼 기어갔다. 이 하루가 끝나기를 간절히 바랐다. 집에 가면 불벼락을 맞겠지만 그냥 빨리 해치워서 끝내고 싶었다.

점심시간 종이 울리자마자 난 나디마를 찾으러 갔다. 나디마가 괜찮은지 확인하기 위해서였다. 나디마는 아이들과 함께 학생 식당에 가고 있었다.

"나디마!"

내가 부르자 나디마가 부리나케 달려왔다.

"재즈! 괜찮아?"

나디마가 걱정 가득한 목소리로 물었다.

"응! 다 괜찮아."

난 거짓말을 했다.

"넌 괜찮아? 너희 엄마랑 라샤는? 그러니까 어젯밤 일 이후로 말이야."

나디마는 얼굴에서 초조한 빛이 사라지더니 빙그레 웃었다.

"응. 고마워, 재즈. 괜찮아. 우리 괜찮아."

"걱정했어. 다들 너무 힘들어서."

나디마는 어깨를 으쓱해 보였다.

"슬퍼. 아주 슬퍼. 우리 울어. 많이."

나는 고개를 끄덕이며 나디마 어깨를 감쌌다.

하지만 나디마는 팔을 슬며시 빼더니 말했다.

"오늘은 새로운 날. 점심시간! 나 배고파. 가자!"

나디마는 학생 식당 쪽으로 나를 당겼다.

아이들이 우리 자리를 맡아 두었다. 내가 자리에 앉기 무섭게 애들이 집중포화를 퍼부었다 모두들 내가 어디에 있었는지는 알았지만 왜 갔는지는 몰랐다. 우리 반 누구도 격리실에 가 본 사람이 없어서 이러쿵저러쿵 소문만 무성했다.

"누가 그러던데, 너 교무실로 쳐들어가서 선생님을 주먹으로 쳤다며?"

카라가 눈을 반짝이며 물었다.

"영어 선생님이지?"

클로이가 추측했다.

"그럴 줄 알았어!"

엘리가 소리쳤다.

"아무도 안 때렸어."

내가 말했다.

"그럼, 무슨 일이야? 분명 엄청 심각한 일일 텐데."

릴리가 물었다.

"너 퇴학당해?"

클로이가 숨을 죽이며 물었다.

"당연히 아니지!"

내가 열을 올리며 대꾸했다. 그랬더니 클로이는 농담이 아니라 정말 실망한 얼굴이었다.

정말이지 모두 독수리 떼처럼 굴었다.

그래서 난 내가 역사 선생님께 말한 그대로 아이들에게 들려주었다. 나디마가 시리아에서 왔다는 얘기가 나오자마자 릴리가 끼어들었다.

"시리아? 너 시리아에서 왔어?"

나디마는 나를 힐끗 보더니 릴리를 향해 고개를 끄덕였다.

"응. 나 시리아에서 왔어."

모두 조용해지더니 나디마를 빤히 바라봤다.

아무도 무슨 말을 해야 할지 몰랐다. 모두들 시리아에서 무슨 일이 벌어지고 있는지 들어 본 적이 있기 때문이다. 그리고 이번만큼은 카라도 멜로드라마를 찍는 듯한 행동은 하지 않았다.

나디마의 눈이 아이들 얼굴을 차례로 훑었다. 아이들이 어떤 반응을 보일지 두려운 눈치였다. 시리아 얘기는 안 꺼냈으면 좋았을 걸 싶었다. 그래서 내가 말했다.

"나디마는 시리아 얘기를 안 하고 싶어 해. 거기 상황이 정말 나쁘싫아."

릴리가 나디마의 손을 잡았다.

"뉴스에서 본 적 있어. 끔찍했어."

"응. 너무 나빠."

나디마가 조그맣게 말했다.

"말하기 싫으면 안 해도 돼."

릴리가 말했다.

나디마는 고개를 세차게 끄덕이고는 애써 희미한 미소를 지었다.

36. 아빠 사진

난 엄마가 집에 오는 순간을 상상하며 두려움에 벌벌 떨며 침대에 누워 있었다. 열쇠가 딸깍거리는 소리가 들리자 온몸이 뻣뻣하게 굳었다. 엄마는 역대 최강 분노 상태였다. 현관문을 채 닫기도 전에 내게 아래층으로 내려오라고 소리쳤다. 엄마와 나는 소파 양 끝에 앉았다.

"나 화 안 났어, 재즈."

엄마가 말문을 열었다.

아니요, 화났거든요! 나는 속으로 말했다.

엄마가 말을 이었다.

"네 말도 일리가 있어. 숙제가 문제가 있었다는 건 아주 좋은 지적이야."

"그런데 왜 내 편 안 들었어요?"

내가 물었다.

"네가 잡아먹을 듯 달려드니까 그렇지! 그러니까 초점이 무신경한 숙제에 맞춰지지 않잖아."

"멍청하고 무신경한 숙제!"

내가 끼어들었다.

"네가 흥분하면 할수록 선생님께 소리 지른 일에 초점이 맞춰져. 그거야말로 멍청한 짓이지!"

"화가 나서 그랬어요."

내가 중얼거렸다.

"알아. 그런데 화내는 건 해결 방법이 아니야. 그리고 화가 나면 해결할 때도 아니고."

나는 팔짱을 끼고 앉아 아무 대꾸도 하지 않았다.

엄마는 한숨을 내쉬며 말했다.

"걱정이다, 재즈. 계속 문제를 일으키니."

"문제 일으킨 적 없어요!"

내가 발끈했다.

"아니야, 넌 항상 규칙을 어기려 들잖아."

"멍청한 규칙만 어긴다고요!"

"재즈, 학교생활 힘든 거 알아. 가계도 그리기 숙제도 힘들었을 거야……."

"나 학교생활 안 힘들어요. 수학 메달도 땄다고요. 오빠들도 그런 건 못 받았잖아요."

내가 엄마에게 상기시켰다.

"널 도우려는 거야, 재즈. 계속 이런 식으로 굴면 스스로 퇴학을 자초할 뿐이야."

난 제대로 들은 건지 내 귀를 의심했다.

"난 퇴학 자초한 적 없어요. 학생이 어떻게 퇴학을 결정해요. 학생을 퇴학시키는 건 선생님이지! 그리고 엄마가 모를까 봐 하는 말인데, 교장 선생님은 나한테 변호할 기회도 안 줬다고요."

나는 벌떡 일어났다.

"재즈! 우리 얘기 안 끝났어."

"아니, 끝났어!"

내 방으로 쿵쿵 올라가며 내가 소리쳤다.

난 침대에 털썩 몸을 던졌다. 속이 부글부글 끓어올랐다.

저녁 내내 전화기에 불이 나도록 문자 메시지가 왔다. 적어도 친구들은 내 걱정을 해 주었다. 엄마만 빼고.

저녁 식탁에서 난 거의 말을 안 했다. 엄마는 아무 일도 없는 듯 오빠들에게 수다를 떨며 나를 대화에 끌어들이려 했다. 하지만 난 못 들은 척했다.

나는 저녁 내내 방에만 있었다. 엄마가 올라와 볼 줄 알았는데 오지 않았다. 난 엄마에게 저녁 인사도 하지 않고 침대로 들어갔다. 그러고는 말똥말똥한 정신으로 한참을 누워 있었다. 지금껏 있었던 일들이 머릿속에서 끝없이 떠올랐다. 난 침대를 빠져나와 엄마 방으로 갔다. 미안하다고 할 생각은 아니었다. 단지 바로잡고 싶은 것이 있을 뿐이었다.

"가계도 숙제에 대해 설명하고 싶어서요."

"그래. 이리 와서 설명해 봐."

엄마가 일어나 앉아 침대 옆자리를 툭툭 치며 말했다.

난 엄마 옆에 책상다리를 하고 앉았다.

"가계도 그리는 건 아무 문제 없어요. 나 도표 잘 그리거든요. 그런데 선생님에게 내 개인적인 얘기를 하라고 할 권리는 없다고 생각해요. 선생님이 몰랐으면 하는 얘기들 말이에요. 그리고 나디 마네 가족만 속상했던 게 아니에요. 카라도 힘들어했어요. 가계도 에 양아버지나 양아버지 아이들을 넣기 싫어했어요. 또 엄마 아빠 가 이혼한 걸 어떻게 표시해야 할지 모른다는 이유만으로 친아빠 를 가계도에서 빼는 것도 싫어했고요."

엄마는 얼마간 말이 없더니 물었다.

"넌 가계도에 아빠 넣었어?"

"네. 그런데 아빠 빼고 다시 그릴 거예요."

"그래, 잘 생각했어!"

엄마가 웃었다.

"그럼 너희 선생님은 내가 결혼도 안 하고 애를 넷이나 낳았다고 생각하겠네? 교무실에서 선생님들끼리 떠들어 대고 말이야."

"내 말이 그 말이에요! 선생님들이 알 바가 아니잖아요."

내가 목소리를 높였다.

그러자 엄마 얼굴이 심각해졌다.

"아빠 넣기 싫으면 안 넣어도 돼."

"안 넣을 거예요. 아빠는 우리 가족도 아닌데 왜 넣어요? 게다가 난 아빠 얼굴도 기억 안 난다고요."

엄마가 옷장으로 가더니 상자를 꺼내 침대 위에 내려놓았다. 그러고는 맨 밑바닥에서 사진 한 장을 꺼내 내게 건넸다.

"너희 아빠야."

"엄마가 아빠 사진 갖고 있는 줄은 몰랐어요. 왜 안 보여 줬어요?"

엄마는 어깨를 으쓱하더니 말했다.

"안 물어봤잖아."

엄마 말이 맞다. 난 한 번도 보여 달라고 하지 않았다. 관심도 없었다. 아빠에 대한 생각이 든 건 요즘에 와서다. 그 멍청한 가계도 숙제 때문이겠지.

나는 사진을 한참 보았다.

"매트 오빠랑 닮았네."

"응, 그렇지?"

엄마가 미소 지었다.

"불행하게도 너는 날 더 닮았고."

엄마가 장난스런 목소리로 말했다.

사진 속에서 나를 향해 웃고 있는 남자는 좋은 사람처럼 보였다. 사실은 아니었지만. 음, 어쩌면 좋은 사람이었을지도 모른다. 우리를 버리고 가 버리지만 않았어도.

엄마는 나머지 사진을 휙휙 넘겨 보았다.

"내가 제일 좋아하는 사진이야. 매트 돌 때 찍은 거."

엄마가 사진 한 장을 건넸다. 얼굴이 온통 초콜릿 범벅이 된 아기가 아기 의자에 앉아 있었다.

엄마는 왜 아빠 사진을 갖고 있었을까 궁금했다. 상자 제일 밑바닥에 묻어 두긴 했지만.

"그 사람 보고 싶어요? 아빠 말이에요."

엄마가 침대로 올라와 내 옆에 앉았다.

"아니, 안 보고 싶어. 남편이 있었으면 좋겠다는 생각은 하지만. 혼자서 너희들 키우기가 좀 벅찼거든."

엄마가 곰곰 생각에 잠긴 듯 말했다.

내 기분도 엄마랑 딱 같다. 아빠는 보고 싶지 않지만 아빠란 존

재가 있었으면 좋겠다.

그리고 바보 같지만 불쑥 아빠 있는 모든 아이들에게 질투가 났다. 특히 릴리. 릴리에겐 정말 좋은 아빠가 있다. 카라는 또 어떤가. 아빠가 둘이나 있다. 덕분에 카라 인생이 좀 엉망이 되었지만. 어쨌든 카라네 친아빠는 이혼은 했어도 최소한 곁에 머무르고는 있다. 그리고 나디마도 그렇다. 지난번 만났을 때 보니 나디마 아빠는 정말 좋아 보였다. 나디마가 겪은 일을 생각하면 나디마를 부러워해선 안 되겠지만 그래도 부럽다.

난 사진을 넘겨 보는 엄마를 바라보며 생각했다. 이렇게 훌륭한 엄마가 있는데 아빠가 왜 필요해!

난 엄마 어깨를 감싸 안았다.

"사랑해, 엄마."

"내가 더 사랑해."

엄마도 나를 안으며 미소 지었다.

3부
영원한 단짝

37. 자선기금 모금 대회

월요일 아침, 나는 학교에 도착해 제일 먼저 교무실로 갔다. 죽기보다 싫은 일이었다. 고소해하는 선생님을 마주하는 것보다 더 괴로운 일은 없을 거다.

아니, 그보다 더 괴로운 일이 있었다.

교무실 가득 고소해하는 선생님들을 마주하는 일.

하지만 어쨌든 난 역사 선생님께 사과했다. 게다가 그럭저럭 진심 어린 사과처럼 들리게 했다. (당연히 진심은 아니었다.)

교실에 갔더니 나디마에게 관심이 집중돼 있었다. 교장 선생님이 나디마 부모님께 이메일을 보내 역사 숙제로 인해 마음 아프게 해 드려 진심으로 죄송하다고 사과했다고 한다.

쳇! 애초에 그 멍청한 숙제를 내준 것을 사과해야지. 하지만 아무 말도 없는 것보단 낫지 싶었다.

바로 그때 담임 선생님이 들어와서 다들 자기 자리에 앉았다. 문득 역사 선생님이 교장 선생님 책상 앞에 서서 꾸지람을 듣는 모습이 떠올랐다.

"역사 선생님 혼났을까?"

내가 릴리에게 속닥거렸다.

"물론이지."

릴리가 생긋 웃었다.

"쌤통이다."

"다시 한 번 물론이지!"

릴리의 말에 난 웃음이 났다.

"자선기금 모금 대회 주간이 시작됐어요! 그 말은 오늘 오전엔 수업이 없다는 뜻이죠."

순간 와 함성이 터졌다.

자선기금 모금 대회라고? 좋았어! 내 실력을 보여 줄 시간이군!

"그럼 다들 반짝이는 아이디어를 많이 생각해 내길 바랍니다. 여섯 명씩 한 모둠을 만들 거예요."

선생님 말이 끝나기 무섭게 다들 서로 부르며 손짓하기 시작했다. 그러자 선생님이 말했다.

"조용히 하세요. 내가 이미 모둠을 나눴어요."

순간 "어우—!" 하고 분노에 찬 아우성이 교실을 가득 메웠다.

"말도 안 돼요!"

"왜 우리 맘대로 모둠을 못 만들어요?"

"왜냐면 자선기금 모금 대회는 중요하기 때문이에요. 실제로 사업을 해야 하고, 또 기금을 최대한 많이 마련할 수 있도록 진지한 영업 아이디어를 내야 해요. 친구들하고 장난이나 치면서 돌아다니는 대회가 아니란 말이죠."

선생님이 사뭇 과장된 어투로 말했다.

아이들 모두 괴로운 얼굴로 의자에 몸을 파묻고 지루해 죽겠다는 얼굴을 했다.

"자, 자! 기운들 내세요! 기금을 가장 많이 모은 모둠에게는 상품이 기다리고 있답니다!"

그러자 다들 탐욕스럽게 눈을 반짝이며 자세를 고쳐 앉았다.

"1등을 한 모둠 전원에게는 도서 상품권이 지급됩니다."

도서 상품권이라고? 진심이세요? 난 현금이 좋다고! 딴 애들도 다 같은 생각인 게 분명했다. 모두 또 한 번 "우—!" 소리를 내며 털썩 의자에 몸을 기댔으니까.

그러나 선생님은 아랑곳하지 않고 계속 말했다.

"또한 1등 모둠은 전교생이 모금한 기금을 모두 받게 될 지역 단체를 직접 고릅니다!"

참 이상도 하지. 이렇게 대단한 영예를 누리는데 열광하는 애들이 없다니!

나디마와 나는 리암, 라이언, 릴리 그리고…… 카라랑 같은 모둠이 됐다.

아, 이 얼마나 환상적인 모둠인가……!

리암과 라이언이 같은 모둠인 것은 아무렇지도 않았다. 항상 웃기는 데다 하라는 대로 잘 할 테니까. 하지만 카라가 엄청난 골칫덩어리일 거란 느낌이 왔다. 그리고 내 예상은 100퍼센트 적중했다.

"여러분이 첫 번째 할 일은 기금 마련 계획을 세우는 거예요. 다들 모둠끼리 모여 앉아 쉬는 시간까지 계획을 세우도록 하세요. 잘 안 되면 여기 좋은 생각이 몇 가지 있어요."

선생님이 너덜너덜하게 낡은 파일을 흔들며 말을 마쳤다.

"우리가 뭔가 해서 돈을 벌어야 해."

내가 설명하자 나디마는 고개를 끄덕였다.

"예를 들면 세차 같은 거?"

라이언이 말했다.

"어, 그거 나쁘지 않은 생각인데?"

리암이 말했다.

"난 세차 안 해!"

카라가 딱 잘랐다.

"싫어. 나쁜 생각이야. 손톱 부러져."

나디마가 확 정색하며 말했다.

난 픔 하고 코웃음을 터뜨렸다.

카라는 수첩을 꺼내 펼치고는 펜으로 톡톡 두드리며 말했다.

"좋은 생각들 있어?"

"케이크를 팔까?"

릴리가 말했다.

"물풍선 던지기는 어때?"

라이언이 제안했다.

"밴드 오디션!"

리암이 외쳤다.

그러자 리암과 라이언이 의자에서 벌떡 일어나 기타 치는 시늉
을 했다. 물론 대단한 음향 효과도 함께였다.

"라이언, 리암, 앉아!"

담임 선생님이 소리쳤다.

"오디션을 열 만큼 모금 시간이 길지 않아."

리암과 라이언이 자리에 앉자 내가 웃으며 말했다. 참고로 행사
는 학년별로 두 시간씩 강당에서 열린다. 우리 학년 차례는 목요
일 오후였다.

이제 나의 근사한 생각을 펼칠 시간이었다.

"좀비 체험은 어때? 다들 하고 싶어 할 거야. 전교생이 1500명이니까 한 사람당 1파운드만 받아도 1500파운드야!"

라이언과 리암은 꽤 좋아했다. 릴리도 좋은 생각이라고 여기는 눈치였다. 그런데 카라는 눈살을 찌푸렸다.

"어느 여자애가 그런 걸 하려 들겠어?"

카라가 딴지를 걸었지만 뭐 상관없었다. 나는 아이디어가 무궁무진하니까.

"알았어. 그럼 엄청난 경품을 걸면 어때? 이를 테면 플레이스테이션 같은 걸로."

"플레이스테이션을 어디서 구하니?"

카라가 비웃었다.

"동네 가게에서 기증받으면 되지. 광고가 되니까 한다고 할 거야."

카라가 눈을 확 흘기는 통에 이 생각 역시 접었다.

"아니면 중고 장터는 어때? 다들 오래된 옷이나 물건을 들고나와서 1파운드에 파는 거야. 전교생 중 절반만 산다고 해도 750파운드나 벌잖아!"

"난 중고 옷 가게 안 해. 구질구질한 생각이야."

카라가 어깃장을 놓았다.

"그렇지 않아. 난 중고품 파는 인터넷 사이트도 만들 생각인데?"

"그러셔? 그럼 그거나 잘해 보던가."

카라가 빈정댔다.

진짜 릴리만 없었어도 제대로 퍼부어 주는 건데.

카라는 자기가 하기 싫은 건 다 반대할 모양이었다. 카라가 제안한 것은 패션쇼, 장기 자랑, 손톱 미용이었다. 맙소사! 손톱 미용이라니. 다행히 리암과 라이언 둘 다 반대해서 내가 나설 필요는 없었다.

"삭발할까? 기금 모금 삭발식!"

라이언이 커다랗게 외쳤다.

"좋아!"

리암이 환호성을 질렀다.

"기막힌 생각이야!"

내가 말했다. (하지만 카라가 대머리 된 모습을 보고 싶어서 그랬을 뿐이다.)

"진지하게 안 해?"

카라가 툴툴댔다.

"사탕? 사탕 만들까?"

불쑥 나디마가 제안했다.

우리는 모두 어리둥절해서 나디마를 바라봤다. 우리가 놀란 이

유는

첫째, 나디마가 대화를 다 알아듣고 있었고
둘째, 아이디어까지 냈기 때문이다.

"나쁘지 않은 생각인데?"

나디마 엄마 아빠가 사탕 가게를 했다는 걸 떠올리며 내가 말했다.

카라도 찬성했다.

"내가 최고의 로키 로드 쿠키*를 만들어 주지."

카라가 별것 아니라는 투로 말했다.

"우리 할머니는 페퍼민트 크림 쿠키를 잘 만드셔. 내가 부탁하면 한 트럭도 만들어 주실 거야."

라이언이 말했다.

"재즈, 우리 함께 퍼지* 사탕 만든 적 있잖아. 기억나?"

릴리가 말했다.

내가 채 대답도 하기 전에 카라가 끼어들더니 '슬픈 얼굴'로 말했다.

*로키 로드 쿠키 : 마시멜로와 견과류를 넣어 만든 쿠키.
*퍼지 : 설탕, 버터, 초콜릿으로 만든 부드러운 사탕.

"로키 로드 쿠키 너랑 같이 만들려고 하는데……."

릴리는 어쩔 줄 몰라 했다.

그때 나디마가 말했다.

"괜찮아. 재즈 나랑 해. 우리 로쿰 만들어."

"하지만 전에 그거 팔려고 할 때 아무도 안 샀잖아!"

카라가 딴죽을 걸었다.

카라 말이 맞았다. 하지만 나디마를 속상하게 하긴 싫었다.

기금 모금 학교 신기록을 세우려던 내 꿈은 초콜릿 플레이크처럼 산산이 부서졌다.

그러자 나디마가 웃으며 말했다.

"이번엔 우리…… 초콜릿으로 만들어."

"초콜릿 로쿰?"

리암의 얼굴이 게걸스럽게 빛났다.

나도 나디마를 향해 활짝 웃었다.

"초콜릿 로쿰? 정말 탁월한 선택이야!"

38. 초콜릿 로쿰

그 후 사흘 동안 우리는 밤마다 나디마네 부엌을 초콜릿 로쿰 공장으로 만들었다. 월요일 밤, 나는 초콜릿 로쿰 만드는 것을 도우러 나디마네 집에 갔다.

가계도 숙제 이후 나디마 엄마를 처음 보는 거라 나는 준비한 말을 꺼내야 할지 확신이 서지 않았다. "시리아에서 돌아가신 가족분들 일은 정말 안타까워요." 이런 얘기는 도무지 입이 떨어지지 않았다. 그런데 그렇다고 아무 일도 없었던 것처럼 굴 수도 없었다.

나디마 엄마가 문을 열자, 나는 그냥 어정쩡하게 서서 "어……." 라고 첫마디만 내뱉고 아무 말도 잇지 못했다. 나디마 엄마는 내가 무슨 생각을 하는지 다 알았나 보다. 나를 따뜻하게 안아 주었다.

그거 알아? 가끔은 무슨 말을 해야 할지 모를 땐 그냥 아무 말도 안 하는 게 제일이다.

나디마랑 나는 부엌으로 가서 로쿰 세 통을 만들어 밤새 굳도록 놔두었다.

화요일 저녁이 되자 우리는 월요일에 만든 로쿰을 조각조각 잘라서 초콜릿을 녹이고 그 속에 담갔다. 그러고는 로쿰을 또 만드는 동안 접시에 놓고 식혔다. 초콜릿이 다 굳자 다들 한 조각씩 맛보았다. 오, 신이시여! 놀라운 맛이었다!

나디마 엄마도 감동했다.

"사탕 가게 해도 되겠어!"

나디마 엄마가 내게 말했다.

"나디마도 함께요!"

내 말에 나디마 엄마는 빙그레 웃으며 고개를 저었다.

"나디마는 의사."

"너 의사 되고 싶어?"

내가 나디마에게 물었다.

나디마가 고개를 끄덕였다.

나디마 말고 우리 반에 의사가 되겠다는 애가 또 있을 거라곤 상상도 할 수 없다. 7학년 전체에는 있을까? 솔직히 말해서, 만약 있다면 정말 끔찍한 생각이다. 단언컨대 난 절대로 하고 싶지 않다. 난 피 보는 건 딱 질색이다.

"너는? 무슨 일?"

나디마가 물었다.

"난 내 사업을 할 거야. 그래서 스물한 살에는 백만장자가 될 거야."

나디마는 뭔 말인지 도통 모르겠다는 얼굴을 했다. 그래서 다시 말했다.

"부자가 될 거라고!"

나디마가 웃으며 말했다.

"좋은 계획이야."

수요일이 되자 나디마네 부엌은 발 디딜 틈이 없었다. 조리대는 온통 로쿰으로 뒤덮였다.

나디마 아빠가 집에 오더니 손으로 얼굴을 감싸며 흠칫 놀라 뒤로 물러서는 시늉을 했다.

"사방에 로쿰이네! 가게 같아! 예전 우리 집 같아!"

나디마 아빠는 껄껄 웃으며 나디마 엄마와 함께 거실로 갔다. 나디마와 나는 초콜릿에 로쿰을 담갔다.

"너희 집은 어땠어? 시리아 집 말이야."

나디마는 미소 지으며 말했다.

"좋았어."

"사진 있어?"

"아니. 사진 없어."

우리 집은 구글 지도에 나온다. 확인해 봐서 안다. 난 나디마에게 나디마네 집도 구글 지도에 나오는지 물어보려다 혹시 폭격을 맞았을까 걱정되어 그만두었다. 뉴스에서 본 것처럼 커다란 돌무더기만 남았을 수도 있으니까. 만약 우리 집과 내가 가진 것이 송두리째 부서져 산산조각이 난다면 어떨까. 남은 건 돌 더미와 먼지뿐이라면.

무시무시한 일이었다. 대놓고 물어볼 수가 없어 난 이렇게 물었다.

"커다란 주택이었어?"

나디마는 고개를 저었다.

"주택 아니라 아파트. 다 아파트 살아. 부자만 주택 살아."

"너 그럼 그렇게 부자는 아니었어?"

"부자 아니야!"

나디마가 웃었다.

"가난했어?"

"아니야! 사탕 가게 아주 잘됐어. 안 가난해."

그러더니 나디마는 살짝 풀 죽은 얼굴로 말을 이었다.

"그런데 여기서 우리 가난해. 여기 우리…… 가진 거 많이 없어."

내가 도울 방법이 있으면 좋겠다는 생각이 들었다. 하지만 내

용돈으로는 도울 수가 없었다.

"힘들겠다."

"응, 힘들어. 그래도 우리 안전해."

나디마는 밝게 웃으며 덧붙였다.

"우리 이제 새집 있어."

"그리고 나도 있고!"

내 말에 나디마가 눈을 흘기며 초콜릿 로쿰 한 조각을 내 입에 밀어 넣었다.

39. 특급 배달

목요일 아침, 나는 가판대에 필요한 모든 것을 챙겼다. 사탕을 담을 봉지, 거스름돈, 뒤에 붙일 커다란 현수막 그리고 접착제까지. 우리는 가게 이름을 '달콤한 선물'이라 지었다. 카라의 아이디어였는데 좋은 이름이어서 딴지 걸지 않기로 했다.

나는 몇 시간 동안 컴퓨터와 씨름하며 학교 곳곳에 붙일 광고 전단을 만든 다음 잔뜩 인쇄했다. 오빠 삼 형제가 붙여 주겠다고 약속했다. 쉬는 시간이 되면 온 학교가 전단으로 도배될 거다! 현수막은 댄 오빠에게 졸라서 얻은 오래된 포스터 몇 장 뒷면으로 만들었다. 내 입으로 말하기 쑥스럽지만 꽤 인상적이었다.

문득 나디마 혼자 로쿰을 몽땅 나르게 두었다는 사실을 깨달았다. 난 교문 앞으로 가서 나디마를 찾아보았다. 나디마가 바퀴 달린 커다란 짐 가방을 끌며 오고 있었다.

나디마가 손을 흔들며 큰 소리로 외쳤다.

"배달이요! 특급 배달!"

저런 영어는 어디서 배웠을까?

우리가 가방을 끌고 교실로 들어가자 다른 아이들도 와 있었다. 카라는 케이크 통 가득 로키 로드 쿠키를 담아 왔고, 라이언은 할머니표 페퍼민트 크림 과자를 한 통 가져왔다. 아이들은 거대한 짐 가방을 보더니 놀라서 턱을 땅으로 툭 떨구었다.

"우아! 얼마나 가져온 거야?"

라이언이 놀란 목소리로 말했다.

"많이!"

나디마가 웃으며 가방을 열었다. 사탕이 꽉 들어차 있었다.

"말도 안 돼. 절대 다 못 팔아!"

카라가 단호하게 말했다.

"내기 할래?"

내가 대꾸했다.

"좀 먹어 봐도 돼?"

리암이 가까이 다가서며 졸랐다.

나디마는 한 봉지를 꺼내 찢은 다음 우리 모둠 모두에게 한 조각씩 주었다.

라이언이 한 입 베어 물더니 신이 나서 외쳤다.

"음! 더 줘!"

그러자 반 아이들 모두 배고픈 갈매기 떼처럼 우르르 덮쳤다.

"어림없는 소리! 점심시간 지나고 사 먹어. 한 봉지에 50펜스!"

내가 웃으며 가방을 닫았다.

"이래도 다 못 팔 것 같아?"

카라는 아무 말도 못 했다.

점심시간이 끝나기 무섭게 우리는 모두 쏜살같이 강당으로 달려가 좋은 자리를 차지하고 가판대를 펼쳤다.

나는 현수막을 꺼내 펼친 다음 탁자 뒤쪽 벽에 붙이려 했다. 별안간 카라가 버럭 성질을 냈다.

"저게 무슨 말이야!"

"달콤한 선물!"

내가 대꾸했다.

"달콩이라고 썼잖아. 'ㅁ' 자리에 'ㅇ'을 썼다고!"

카라가 소리쳤다.

현수막을 쳐다보고 난 가슴이 쿵 내려앉았다. 카라 말이 맞았다. '달콩한 선물'이라고 썼다.

"상관없어."

릴리가 말했다. 하지만 난 릴리의 말이 귀에 들어오지 않았다. 얼굴이 귀까지 새빨갛게 달아올랐다.

처참한 심정이었다. 왜 오빠들에게 맞춤법을 확인해 달라고 하지 않았을까? 내게 맞춤법은 쥐약이다. 멍청이!!! 당장 땅이 갈라져서 날 꿀꺽 삼켰으면 싶었다. 설상가상으로 오빠들은 이미 광고 전단을 온 학교에 붙여 놓았다. 이제 전교생이 내가 맞춤법도 모르는 바보라는 걸 알게 될 거다.

"그거 못 붙여. 우릴 자기 가게 이름도 못 쓰는 바보라고 생각할 거 아냐."

카라는 단호했다.

그런데 불쑥 나디마가 말했다.

"카라! 재즈가 장난친 거야. 실수 아니야. '위풍닭닭 치킨'처럼. 알콩달콩 같잖아."

"아, 그래. 그거 재밌다!"

릴리가 말했다. 그러더니 릴리와 나디마는 나를 도와 현수막을 붙였다. 둘 다 꼭 안아 주고 싶을 정도로 고마웠다.

난 아이들이 종이 접시에 과자와 사탕을 높이 쌓는 동안 강당을 돌아다니며 다른 가판대에서는 무엇을 하는지 살펴봤다.

물론 우리 학년 애들이 전부 가판대를 펼치진 않았다. 많은 모둠이 다른 방식으로 모금을 하고 있었다. 그렇다고 해도 몹시 형편없었다. 가판대는 고작 열 개 남짓이었고 대략 두 종류로 나뉘었다.

첫째, 괴짜 남자애들이 운영하는 민망하게 허접한 한 판에 50펜스짜리 판타지 게임과

둘째, 여자애들 가판대였다.

클로이와 엘리네 모둠은 머리 땋기를 1파운드에 해 주고 있었다. 나는 클로이가 엘리 머리에 폭포 땋기 하는 모습을 지켜보았다. 상당히 복잡했다. 주어진 두 시간 동안 그렇게 많이 하진 못할 거다.

또 다른 반 여자애들 몇몇은 수제 장신구를 팔고 있었다. 우정 팔찌나 구슬로 꿴 물건들이었다. 그리고 컵케이크 가게가 무려 세 개나 있었다!

따라서 경쟁이 그다지 치열해 보이진 않았다. 우리는 그냥 나디마표 로쿰과 초콜릿의 환상적인 조합이 대성공이길 바라기만 하면 되었다.

결과는 대성공이었다.

오, 신이시여!

아이들이 마구 몰려들었다.

로쿰은 정말 날개 돋친 듯 팔려 나갔다. 카라의 로키 로드 쿠키보다 훨씬 인기가 좋았다. 어떤 아이들은 다시 와서 한 봉지 더 사

가기도 했고 어디서 샀냐고 묻는 아이도 많았다.

"나디마랑 내가 만들었어!"

나는 나디마 어깨에 팔을 감으며 의기양양하게 말했다.

아이들은 초콜릿 로쿰 맛에 매우 감동했다. 나디마는 애써 겸손한 척했지만 잔뜩 들뜬 기색이 역력했다.

그래서 난 한마디 덧붙였다.

"나디마 생각이야. 나디마 엄마 요리법으로 만들었고."

초콜릿이 신의 한 수였다. 안에 뭐가 들었는지는 아무도 신경 안 썼다. 사실 물어보는 애들도 없었다. 평범한 로쿰을 팔려고 했을 때 다들 우리가 설탕 뿌린 민달팽이라도 떠넘기는 양 굴었던 걸 생각하면 말도 안 되는 일이었다.

모금 시간이 다 끝날 무렵에는 라이언 할머니의 페퍼민트 크림 과자 몇 개 빼고는 남은 것이 없었다.

"너희 할머니도 과자에 초콜릿을 입혔어야 했어."

릴리가 은근슬쩍 농담을 하자 모두 웃음을 터뜨렸다. 카라까지도.

40. 우승 상금

금요일 오후, 우리는 모두 강당으로 몰려갔다. 자선기금 모금 대회 우승자를 발표할 예정이었다. 뱃속에서 나비가 팔랑팔랑 공중제비를 넘었다. 이미 우리가 7학년 우승이라는 예상은 하고 있었지만 난 학교 전체에서 우승하고 싶었다.

지역 주요 인사 한 명이 결과를 발표하고 도서 상품권을 전달하기 위해 끌려 나와 있었다. 주요 인사는 1500개의 지루한 얼굴을 마주하며 무대에 섰다. 용감하게도 이 인사는 우승자 발표를 흥미진진하게 만들어 보려고 했다. 수상자 세 모둠을 3등부터 발표하면서 극적 효과를 내기 위해 엄청나게 뜸을 들였다. 음, 이런 건 텔레비전에서나 먹히는 거 아닌가?

"올해의 자선기금 모금 대회 수상자를 발표하겠습니다…… (한참 뜸 들이고) 3등은…… (또 한참 뜸 들인 다음) 8학년 킹왕짱 노래방!"

건성건성 예의상 치는 박수 소리가 났다. 주로 선생님들 쪽에서였다.

"2등은…… (더 한참 뜸 들인 다음) 10학년 환상의 컵케이크 제빵단!"

10학년 여자애들 몇 명이 "와!" 하고 함성을 질렀다. 아마도 환상의 컵케이크 제빵단일 테지.

나는 손이 땀으로 축축해지고 입안이 바짝바짝 말랐다.

"마지막으로 1등은…… (짜증 나도록 길게 뜸 들이고) 올해의 자선기금 모금 대회 우승팀은…… (기절할 정도로 한참 뜸 들인 다음) 7학년 달콤한 선물!"

카라가 "꺅!" 소리를 지르자, 리암과 라이언이 손뼉을 마주쳤다. 우리 반 모두가 함성을 터뜨리며 손바닥에 불이 나도록 박수를 쳤다. 나디마와 나는 서로 뼈가 으스러지도록 꼭 끌어안았다. 그런 다음 우리는 모두 무대로 올라가 도서 상품권을 받았다. 강당 뒤쪽에서 매트 오빠가 나를 향해 엄지손가락을 척 들어 올렸다. 오빠는 몹시 자랑스러운 얼굴이었다. 난 참으려 해도 자꾸 웃음이 새어 나왔다. 나는 터질 듯 뿌듯한 마음으로 무대에 서 있었다. 하지만 내가 목이 빠지게 기다리던 순간은 그다음이었다.

우승한 모둠이 모금한 돈을 모두 받을 지역 단체를 고른다고 했던 거 기억들 하시겠지? 라이언이랑 리암은 아무래도 상관없다고 했고, 카라랑 릴리는 아는 단체가 없다고 했다. 그래서 나는 아무하고도 의논하지 않고 혼자서 결정을 내렸다.

아주 멋진 깜짝 선물일 거라 생각했다.

하지만 현실은 참사였다. 그것도 대참사!

지역 인사가 기부 받을 단체 이름이 적힌 종이를 들었다.

"아, 저는 처음 듣는 단체입니다만……."

지역 인사는 인상을 쓰며 말했다.

"훌륭한 단체가 틀림없으리라 생각합니다. 올해 자선기금 모금 대회의 모든 기금을 받을 단체는……."

지역 인사는 또다시 극적 뜸 들이기를 하더니 발표했다.

"……나디마네 가족!"

이 순간을 머릿속으로 상상하고 또 상상했다. 커다란 환호가 터져 나오고 나디마가 고마워하며 나를 와락 끌어안는 모습을.

그러나 상상과는 전혀 다른 일이 벌어졌다.

나디마는 헉 소리를 내뱉더니 말을 잇지 못했다.

그러자 여기저기서 "불공평해." 하는 소리가 나고 심지어 웃음소리까지 터져 나왔다.

내가 씩씩대며 소리쳤다.

"불공평하긴 뭐가 불공평해! 다들 뉴스도 안 봐? 나디마네 가족은 시리아에서 왔어. 난민이라고. 여기 오면서 모든 걸 다 두고 와야 했어. 고향에선 가게도 하고 사업체도 있었지만 여기서는 아무것도 없어. 그래서 돈이 필요하다고."

내가 큰 소리로 말했다.

그 순간 나디마가 울음을 터뜨리며 강당을 뛰쳐나갔다.

"나디마!"

내가 뒤쫓아 나가며 소리쳤다.

"나디마! 왜 그래? 뭐 때문에 그래?"

복도에서 나디마를 붙잡으며 내가 말했다.

"왜 그랬어? 왜 그런 말 했어?"

나디마가 소리쳤다. 나디마가 주먹을 꽉 쥐고 있어서 순간 나는 나디마가 나를 때리려는 줄 알았다. 분노의 눈물이 나디마의 뺨을 타고 흘렀다.

"우리 안 가난해. 우리 자랑스러워."

나디마가 소리를 질렀다. 그러더니 영어로는 감정을 충분히 설명할 수 없는 탓에 쿠르드어로 마구 퍼부었다.

무슨 말인지 이해할 수 없었지만 어떤 감정인지는 알 수 있었다. 마침내 나디마가 쿠르드어를 멈추더니 영어로 말했다.

"너 나 부끄럽게 했어. 너 우리 가족 부끄럽게 했어. 너 내 친구 아니야."

그러고는 눈물을 흘리며 복도를 뛰어가 사라졌다.

나는 어안이 벙벙하여 우두커니 서 있었다. 무슨 일이 일어난 건지 믿기지 않았다. 그때 학교 종이 울리고 모두 강당에서 쏟아져 나오기 시작했다. 누구의 얼굴도 마주할 자신이 없어서 나는 복도를 달려 건물 밖으로 나가 계속 내달렸다. 마침내 스쿨버스가 줄지어 늘어선 주차장에 다다랐다. 나는 버스에 올라타 뒷자리에 털썩 주저앉았다. 늘 매트 오빠가 대입 준비반 친구들과 함께 앉는 자리였다. 나는 오빠를 기다렸다. 집에 가는 동안 오빠가 날 숨겨 주길 바라면서.

41. 다시 이불 속으로

난 무슨 일이 있었는지 엄마 얼굴을 보고 말할 자신이 없어서 매트 오빠에게 대신 부탁했다.

"물론이지."

오빠가 꼭 안아 주며 말했다. 전교생 앞에서 망신을 줬다고 오빠들이 내게 화를 낼 줄 알았다. 아니면 바보짓 했다고 놀려 대거나. 그러나 오빠들은 내게 다정하게 대했다. 그리고 퇴근하고 돌아온 엄마도 그랬다. 덕분에 내가 얼마나 요란 뻑적지근하게 일을 망쳐 놓았는지 깨달았다.

저녁을 먹고 난 뒤 엄마가 내 방으로 올라와 침대에 앉았다.

"얘기 좀 할까?"

"아니, 별로요."

그러자 엄마는 나가서 캐러멜 아이스크림 한 통과 숟가락 두 개를 들고 돌아왔다. 엄마와 난 함께 아이스크림 통을 비웠다.

휴대 전화에 문자 메시지가 빗발쳤다. 내가 확인하려 하자 엄마가 전화기를 꺼 버렸다.

"벌주는 거예요?"

"아니, 보호하는 거야. 하루 이틀은 조용히 있는 게 좋을 듯싶어."

주말 내내 나는 집에서 잠옷 차림으로 빈둥댔다. 유튜브 영상과 만화와 로맨틱 코미디 영화를 보면서 기운을 내려고 했지만 다 부질없었다. 애들 앞에서 바보짓 한 건 상관없었다. 오직 나디마랑 틀어진 것만 걱정이었다. 솔직히 나디마가 왜 그렇게 화가 났는지 이해가 안 갔다. 눈물을 흘리며 "우리 안 가난해. 우리 자랑스러워."라고 소리치던 나디마의 얼굴이 자꾸만 떠올랐다.

하지만 나디마네는 가난하다. 나디마가 제 입으로 그렇게 말했었다. 가난은 부끄러워할 일도 아니고, 나디마 가족의 잘못도 아니다. 난민이라 모든 것을 버리고 떠나 와야 했기 때문에 가난할 수밖에 없다. 그런데 돈이 안 필요하단 말인가? 도통 이해할 수가 없었다.

일요일 오후 늦게 엄마가 침대에 깨끗하게 세탁한 교복을 내려 놓았다.

"숙제 있니?"

엄마가 물었다.

난 숙제가 있거나 말거나 신경도 안 쓰였다. 하지만 그렇게 대답하는 건 좋은 생각이 아닌 것 같았다.

"확인해 볼게요."

엄마가 문 앞에서 잠시 서성이더니 말했다.

"잠깐 안 내려올래? 영화 볼까? 아니면 게임도 좋고."

나는 고개를 가로저었다.

"그럴 기분 아니에요."

엄마는 강요하지 않았다.

난 가방을 뒤져 수첩을 꺼낸 다음 숙제가 있는지 확인했다. 수학 숙제가 있긴 하지만 화요일까지 하면 됐다. 그때 가계도 숙제가 떠올랐다. 아빠를 빼고 다시 그리기로 했었다. 역사 교과서를 꺼내 가계도 있는 쪽을 찢어 버리려는데 별안간 처음부터 다시 하기가 귀찮아졌다. 그냥 아빠 이름만 줄로 그어 버릴까 하다가 책상 서랍에서 수정액을 꺼내 조심스레 아빠 이름을 지웠다. 역사 선생님은 그저 실수이겠거니 여길 것이다.

난 수정액 위에 손가락을 대서 말랐는지 확인했다. 잘 말라 있었다. 그런 다음 가계도를 쓱 훑어보았다. 엄마 말이 맞았다. 아빠 이름이 없으니 엄마가 결혼도 안 하고 아이 넷을 낳은 것처럼 보였다. 엄마가 그런 걸 신경 안 쓴다는 게 멋졌다. 더구나 혼자 힘으로 아이 넷을 키우는 건 자랑스러운 일이다.

그때 무언가가 번쩍 머릿속을 스쳤다.

나디마는 집이 가난한 것을 조금도 창피하게 여기지 않았다. 오히려 자기 가족을 자랑스러워했다. 영어를 열심히 배우는 라샤와 사미도, 요리를 무척 잘하는 엄마도, 성공한 사업가였던 아빠도, 가족의 사탕 가게도 자랑스러워했다.

그런데 나는 얼간이처럼 전교생 앞에 나가서 나디마네 가족은 너무 가난하니 적선이 필요하다고 말해 버린 것이다. 노숙자나 길거리 거지처럼. 그렇게 난 나디마를 망신 주고 말았다. 너무 부끄러워서 죽고 싶었다.

저지른 일을 되돌릴 수도 바로잡을 수도 없었다. 나디마의 마음을 풀어 줄 방법이 있기는 한 걸까?

42. 눈물이 주룩주룩

월요일이 되었다. 내가 무슨 배짱으로 학교에 갔는지 모르겠다. 겁이 나서 죽을 것 같았다. 교실을 향해 걸어가는데 릴리랑 아이들이 나디마 주변에 모여 있는 것이 보였다. 하지만 근처에 가기도 전에 릴리가 내게로 뛰어왔다.

"나디마가 이거 전해 주래."

릴리는 분홍 줄에 은빛 하트가 달린 우정 팔찌를 내밀었다. 나는 팔찌를 가방에 넣고 화장실에 가서 울고 또 울었다.

사태는 점점 더 심각해졌다.

조회 시간에 교장 선생님이 나를 불러 교장실로 데려가더니 일장 연설을 늘어놓았다.

"재즈, 넌 정말이지 생각 없는 행동을 했어. 나디마를 캠페인이나 학교 과제처럼 취급했다고!"

"도와주려고 그랬어요. 난민이잖아요. 우리 도움이 필요해요."

내가 기어드는 목소리로 말했다.

"그렇지만 그런 식으로는 아니야! 넌 나디마네 가족을 전교생 앞에서 모욕했어."

"알고 있어요. 잘못했어요."

내가 여느 때처럼 대들지 않자 교장 선생님이 놀란 모양이었다. 교장 선생님은 갑자기 다정한 목소리로 말하기 시작했다.

"재즈, 넌 다정하고 친절하고 상냥한 아이야. 그리고 착한 마음을 갖고 있어. 선생님은 너랑 나디마가 언어 장벽을 극복하고 친구가 된 걸 무척 훌륭하다고 생각해. 정말이야."

왈칵 눈물이 쏟아졌다. 교장 선생님이 휴지를 건넸다.

"그런데 앞뒤 안 가리고 무작정 달려드는 건 그만해야 해. 사람들을 도우려는 마음은 훌륭하지만, 남들이 네가 대신 나서서 싸워 주길 바랄 거라 넘겨짚는 건 곤란해. 특히나 너는 고작 열세 살이고 그 사람들은 어른이라면 말이야. 더구나 나디마네 가족은 네가 상상하는 것보다 훨씬 참혹한 일들과 재난에 맞서서 살아남은 사람들이야. 그분들이 필요한 건 우리의 우정과 지원이지 적선이 아니란다."

나는 고개를 끄덕였다. 아무 말도 할 수 없었다.

교장 선생님은 내게 차 한잔을 주고는 종이 울릴 때까지 교장실에 있게 해 줬다.

난 지리 수업을 들으러 교장실에서 나왔다. 복도 저 앞에서 나디마가 릴리와 카라를 양옆에 두고 걷고 있었다. 엘리와 클로이가 그 뒤에 있었고 모두들 웃고 있었다. 나디마에게 다가가 얘기 좀 할 수 있냐고 묻고 싶었다. 하지만 가까이 갈 수가 없었다. 난 교실에서 하기로 마음먹었다. 그런데 수업 시간이 되자 지리 선생님이 네 명씩 모둠을 짜서 기상 관측소를 설계하라고 했다.

말 끝나기가 무섭게 카라가 손을 번쩍 들었다.

"선생님, 다섯 명이 한 모둠 해도 돼요? 나디마가 혼자 남으면 안 되니까요."

"그래, 좋은 생각이다."

선생님이 말했다.

그래서 결국 난 라이언, 리암 그리고 다른 남자애와 같은 모둠이 됐다.

난 나디마와 얘기하고 싶은 마음이 간절했다. 수업이 끝나고 다들 교실 밖으로 나가자 나는 나디마에게 다가가 말했다.

"나디마."

나디마가 뒤돌아보았다. 다른 아이들이 나디마 바로 뒤에 멈춰 서서 지켜보았다.

"얘기 좀 할 수 있어?"

난 애들이 눈치껏 비켜 줄 줄 알았는데 턱도 없는 일이었다. 카라는 심지어 더 바싹 달라붙었다.

"사과하고 싶어."

내가 중얼거렸다.

나디마는 고개를 까딱하더니 말했다.

"그래. 알았어. 고마워."

그러고는 나만 우두커니 남겨 놓고 다른 애들과 함께 가 버렸다.

43. 카라

　나의 학교생활은 비참하다는 정도로 말해 두겠다. 나디마는 이제 완전히 카라 무리 중 한 명이 되었다. 카라 무리가 대놓고 나를 따돌린 것은 아니지만 그 애들과 어울리는 일이 편하지 않았다. 그래서 난 리암과 라이언하고 어울려 다녔다. 우리 반에 다른 여자애들도 있지만 난 오빠 삼 형제랑 같이 자라서 그런지 남자애들이랑 노는 게 더 편했다. 나디마가 나를 무시하지는 않았다. 하지만 내게 먼저 말을 걸지도, 예전 같은 말투로 얘기하지도 않았다.

　연극 시간에는 '왕실 보석 절도 사건'의 줄거리를 짜기 위해 어쩔 수 없이 나디마와 대화해야 했다. 나는 만화 같은 그림을 그리면서까지 줄거리를 짜 보려 했지만 우리 중 누구도 줄거리를 쓸 수 없었다. 연극 수업은 완벽한 시간 낭비였다.

　그렇게 학교는 딱히 즐겁지는 않아도 견딜 만한 정도는 되었다. 두 번째 주 수요일이 오기 전까지는.

조회 시작 전에 카라가 일찌감치 교실로 뛰어 들어오더니 모두를 향해 토요일 밤에 파자마 파티를 하겠다고 발표했다.

"신난다! 나 가도 돼?"

라이언이 웃으며 말했다.

"아니! 여자들만이야!"

카라가 딱 잘라 거절했다.

"성차별이야!"

리암이 말했다.

카라는 들은 척도 안 했다. 그러고는 한 사람만 쏙 빼놓고 (뻔하지. 바로 나다.) 우리 반 여자애들 한 명 한 명에게 초대장을 나누어 주었다.

그러더니 내게 다가와 '슬픈 얼굴'을 하고 아주 커다란 목소리로 말했다.

"재즈, 정말 미안해. 너를 초대하려고 했어. 그런데 너랑 나디마를 둘 다 초대할 순 없겠더라고. 그렇다고 나디마를 빼면 너무 못된 짓이잖아. 안 그렇니?"

릴리는 땅속으로 꺼지고 싶은 듯한 얼굴이 되었다. 나머지 아이들은 힐끔힐끔 내 눈치를 살폈다.

그래서 난 카라 눈을 똑바로 쳐다보며 큰 소리로 말했다.

"괜찮아! 이해하고말고. 당연히 나디마를 초대해야지."

카라는 특유의 가식적인 표정으로 "고마워." 하고 말하고는 보란 듯이 자리로 돌아가 나디마 옆에 앉았다. 나디마가 나를 바라봤지만 난 고개를 돌렸다. 얼굴이 화끈거리며 빨개진 게 너무 잘 느껴졌기 때문이었다.

"괜찮아?"

조회 시간에 릴리가 내 옆자리에 앉으며 물었다.

"당연하지! 카라네 파자마 파티에 누가 가고 싶대?"

내가 대꾸했다.

나는 온종일 애써 당당한 표정을 짓고 있다가 엄마가 집에 오는 순간 전자레인지 속 초콜릿처럼 녹아내렸다. 식탁에 털썩 엎드려 눈이 새빨개지도록 울었다.

"뚝! 우리 강아지. 그런 일로 속상해할 것 없어."

엄마가 한숨을 내쉬며 내 어깨를 감쌌다.

"카라가 아주 보통이 아니네."

오늘 저녁 담당인 매트 오빠가 그릇이 넘치도록 스파게티를 담아 내게 주며 말했다.

"무시무시해!"

입안 가득 스파게티를 물고 댄 오빠가 맞장구쳤다.

"추잡하고 악랄해."

거스 오빠가 거들었다.

"비열하고 가증스럽고 끔찍해."

매트 오빠가 말했다.

"흉악하고 혐오스럽고 무시무시해."

거스 오빠가 말했다.

"무시무시는 내가 벌써 했잖아."

댄 오빠가 말했다.

"알았어. 흉악하고 혐오스럽고…… 역겨워!"

거스 오빠가 다시 말했다.

"오! 잘했어, 거스!"

엄마의 칭찬에 거스 오빠는 "감사합니다."라고 답한 다음 포크 가득 스파게티를 떠서 입에 넣었다. 오빠는 날 웃기려고 일부러 턱에 소스를 묻혀 가며 한 가닥을 후루룩 빨아들였다.

"우리 반 여자애들도 7학년 때 서로 사이가 다 틀어졌어. 어쩜 쉬는 시간에 한마디도 안 할 수가 있지? 떠들려면 외교학 학위라도 따야 할 정도였다니까. 걔네들 10학년은 돼서야 다시 말 섞기 시작한 것 같아."

매트 오빠가 말했다.

"오호~! 쉬는 시간이 아주 고요했겠군."

댄 오빠의 말에 매트 오빠가 대꾸했다.

"축복이었지!"

"하여간 여자들이란 지구 최고의 유독성 생명체라니까."

거스 오빠가 눈을 부릅뜨며 말했다.

"엥? 그럼 나는?"

내가 따졌다.

"넌 여자가 아니잖아. 우리 형제지."

거스 오빠가 대꾸했다.

그 말에 난 웃음을 터뜨렸다.

44. 릴리

다음 날 상상도 못 할 일이 일어났다. 카라가 내게 다가오더니 파자마 파티 초대장을 내민 것이다.

나는 미심쩍은 눈초리로 초대장을 바라보았다.

"너희 엄마가 나도 초대하랬니?"

"엄마가 그런 거 아니야. 오기 싫으면 말던가."

카라가 톡 쏘아붙이며 초대장을 도로 챙겼다. 그러곤 머리를 찰 랑 넘기며 릴리와 나디마 그리고 다른 애들이 있는 탁자로 가서 앉았다. 아이들은 곧바로 나에 대해 떠들기 시작했다. 뭐라고 하 는지는 안 들렸지만 연신 내 쪽을 힐끔거렸다.

얼마 뒤 릴리가 내 옆자리로 슬그머니 다가오더니 다시 초대장 을 건넸다.

"내가 카라한테 너 초대하자고 했어."

"왜?"

난 어이가 없었다.

"왜냐면 네가 오면 좋으니까. 이 바보야."

릴리가 웃었다.

"딴 애들은 안 그래."

카라와 애들을 힐끗 넘겨다보며 내가 중얼거렸다.

"그렇지 않아. 재즈."

"맞아. 2주 동안 아무도 나한테 말 한마디 안 걸었어."

"너도 우리한테 한마디도 안 했잖아."

릴리는 내 탁자 위에 초대장을 놓았다.

"재즈, 그냥 전처럼 다 같이 친하게 지내면 안 돼?"

"그럴 수 없어. 전처럼 모든 게 간단하지 않으니까. 안 그래?"

"아니, 문제를 복잡하게 만드는 건 바로 너야."

내가 문제를 복잡하게 만든다고? 숨이 턱 막혔다.

"아니야, 아니라고! 파티 하면서 나만 쏙 빼고 애들 다 초대한
게 나야? 이게 어떻게 내 탓이야?"

"이제 초대했잖아."

초대장 봉투를 내 앞으로 들이밀며 릴리가 말했다.

"네가 초대하라고 해서 마지못해 하는 거잖아. 내가 가는 거 카
라는 안 반긴다고. 나디마도 그렇고."

내가 나디마를 쳐다보자 나디마는 얼굴을 붉히며 고개를 돌렸다.

"나디마가 너 오는 거 싫어하는지 네가 어떻게 알아? 물어봤어?"

릴리가 물었다.

난 대답하지 않았다.

"제발 와라, 재즈. 나디마랑 화해할 기회가 생길 수도 있잖아. 다시 다 같이 잘 지낼 수도 있고."

릴리는 초대장을 집어 들어 다시 내게 건넸다.

"오는 거다?"

난 아무 대꾸도 하지 않고 초대장을 받아서 가방에 넣었다.

"가는 게 좋겠어."

초대장을 보여 주자 엄마가 말했다.

"농담해요? 죽었다 깨어나도 카라네 파티는 안 가."

우리는 슈퍼마켓에서 배달 온 물건을 정리하고 있었다. 거스 오빠와 댄 오빠가 현관에서 봉지들을 날라서 식탁 위에 옮겨 놓으면 엄마와 내가 정리했다.

"안 가면 상황이 더 힘들어져."

냉장고에 채소를 넣으며 엄마가 말했다.

"너를 초대하면서 카라는 잘 지내자고 신호를 보낸 거야. 받아들이고 가."

"하지만 릴리가 초대하라고 해서 억지로 초대장을 준 거라고요."

난 쿵 소리를 내며 콩 통조림 한 묶음을 벽장에 내려놓았다. 속이 시원했다.

"그렇다면 더더욱 가야지. 릴리 힘들게 하지 말고."

"나디마는 어쩌고. 내가 가는 거 싫어하면 어떡해요?"

"나디마가 여는 파티가 아니잖아. 그건 나디마가 선택할 일이 아니지."

봉지에서 초콜릿 비스킷 한 통을 꺼내 뜯으며 거스 오빠가 말했다. 오빠는 내게 한 조각 내밀었다.

"재즈, 잘 생각해 보렴. 그래 봐야 너만 손해야. 홧김에 제 코 자르기란 속담 몰라?"

엄마가 말했다.

"쟤는 좀 자르는 게 나을 것 같은데……."

댄 오빠가 농담했다.

난 엄마 등 뒤에서 웃으며 오빠를 향해 가운뎃손가락을 들어 올렸다.

결국 난 카라네 파티에 가기로 했다. 하지만 오로지 릴리를 위해서였다.

45. 파자마 파티

매트 오빠가 카라네 집 앞에 차를 세우자 내가 말했다.

"전화하면 바로 와서 나 데려가야 해, 알았지?"

"넵. 국제구조위원회로 언제든 전화 주세요!"

오빠가 엉터리 미국식 억양으로 대답했다. 그러고는 덧붙였다.

"그런데 그럴 필요 없을걸? 괜찮을 거야."

나는 침낭과 베개, 작은 여행 가방을 챙긴 후 용기를 내어 안으로 들어갔다.

카라네 집에는 처음 와 봤는데 세련된 분위기로 꾸며졌고, 크기도 제법 컸다. 나는 좀 늦게 도착해서 이미 아이들은 콜라와 피자 따위를 먹으며 떠들고 있었다.

카라가 현관에서 서성대는 나를 보더니 "짐은 거실에 놔!" 하고 소리쳤다. 난 짐을 내려놓고는 릴리를 찾아 나섰다. 릴리는 선룸*

*선룸: 일광욕을 하기 위하여 벽을 유리로 만든 방.

에서 나디마와 다른 애들과 함께 춤을 추고 있었다. 카라의 휴대 전화가 커다란 스피커에 꽂혀 있었고, 미러볼*에서 쏟아지는 알록달록한 빛과 함께 음악 소리가 방 안에 쿵쿵 울렸다.

릴리는 나를 보자 환하게 웃으며 아이들 사이로 끌어당겼다. 나디마는 춤을 추며 클로이와 엘리랑 장난을 쳤다. 엘리가 콜라 캔을 마이크처럼 들고 노래를 부르자 아이들이 정신없이 웃어 댔다. 남들이 보면 처음부터 다 알던 사이라 여길 정도로 나디마는 아이들과 잘 어울렸다.

잠시 뒤 우리는 모두 음료수를 마시러 부엌으로 갔다. 아이들로 북적여서 난 나디마와 함께 구석 자리로 밀려났다.

나디마에게 말을 걸어 화해를 시도할 완벽한 기회였다. 내가 나디마에게 미소를 짓자 나디마도 함께 웃었다. 하지만 별안간 아무 말도 떠오르지 않았다. 기껏 떠오른 말이라곤 "멋진 파티다. 그렇지?"가 다였다.

"그래."

나디마가 고개를 끄덕였다.

"그런데 음악이 좀 시끄럽네."

"응. 너무 시끄러워."

---

*미러볼: 무도장의 천장에 달아맨 장식. 작은 거울이 많이 붙어 있어서 조명을 비추며 회전시키면 반사광이 여기저기 비추게 된다.

나디마가 대꾸했다.

그러고 나자 더 이상 할 말이 떠오르지 않았다. 우리는 카라가
다가와 춤추자며 나디마를 끌고 갈 때까지 서먹하게 서 있었다.

난 나디마에게 말을 걸려고 애썼다. 나디마는 예의 바르게 대했
지만 전처럼 다정하지는 않았다. 나디마가 더 이상 나와 친구 하
고 싶지 않다면 그건 나디마의 선택이다.

문득 집에 가고 싶어졌다. 휴대 전화를 꺼내 국제구조위원회에
막 전화하려던 참에 릴리가 나를 잡아끌었다.

"얼른 와! 너 이 노래 좋아하잖아."

릴리를 속상하게 하기 싫어서 하는 수 없이 함께 춤을 추었다.

날이 제법 어두워지자 카라의 양아버지가 모두 테라스로 나오
라고 불렀다.

"뭐 하는 거예요?"

카라가 물었다.

"깜짝 선물이지!"

아이들은 기대에 들떠 킥킥대며 둥그렇게 모였다.

갑자기 뒷담을 배경으로 폭죽이 터졌다. 피융, 번쩍, 번쩍! 은빛
과 보랏빛의 불꽃들이 쉬익 날아올라 펑 터지더니 빠사삭 소리와
함께 반짝거렸다.

"와아!"

모두 소리쳤다.

카라 양아버지는 커다란 폭죽 한 통을 가져다 놓았다. 퓨즈에 불만 붙이면 모든 폭죽이 하나씩 차례로 터지는 것이었다. 엄청나게 비싼 것이 분명했다.

피융! 갑자기 폭죽 하나가 캄캄한 어둠 속으로 날아오르더니 펑 터지며 하늘에 알록달록한 불꽃을 흩뿌렸다. 우리는 무서운 척 깍 소리를 지르며 서로 딱 달라붙었다.

그때 갑자기 나디마가 손으로 얼굴을 가리고 공포에 질린 눈을 부릅뜬 채 비명을 질러 댔다.

피융…… 펑!

폭죽 하나가 또 날아올랐다.

나디마가 비명을 지르며 집 안으로 뛰어 들어갔다.

46. 고향 시리아

"나디마!"

나는 나디마를 따라 뛰어갔다.

나디마는 의자를 쳐서 넘어뜨리는지도 모른 채 휘청대며 무작정 거실로 들어갔다.

"나디마! 나디마!"

내가 큰 소리로 불렀지만 안 들리는 모양이었다. 나디마는 공포에 사로잡혀 어디가 어딘지 몰라 정신없이 두리번댔다.

"지하실! 지하실이 어디야?"

나디마가 소리쳤다.

"지하실 없어!"

내가 말했다.

나디마는 울면서 소파 뒤로 몸을 숨겼다. 다른 아이들도 모두 내 뒤를 따라 뛰어 들어왔다. 바깥에는 피융, 펑, 펑 소리와 함께 눈부신 불꽃놀이가 펼쳐지고 있었지만 구경하는 사람은 아무도 없었다.

카라 엄마가 아이들이 몰려 있는 사이를 밀치고 들어왔다.

"무슨 일이야? 소파 뒤에는 누구니?"

"나디마가 불꽃놀이 때문에 겁먹은 것 같아."

카라가 대답했다.

모두 어찌할 바를 몰라 당황한 채 둥그렇게 모여 서 있었다.

폭죽이 펑 터지거나 번쩍일 때마다 나디마는 벌벌 떨며 소리를 질렀다.

카라 엄마가 소파 뒤로 몸을 숙이며 말했다.

"나디마, 무서워할 것 없어. 불꽃놀이 때문에 다치진 않아."

나디마는 대답을 않고 울기만 했다.

"나디마는 영어를 잘 못 해요."

내가 말했다.

"부모님께 연락할까?"

카라의 양아버지가 물었다.

"그분들도 영어를 못 해요."

카라 엄마와 양아버지는 얼떨떨한 표정을 주고받았다. 우리는 어쩔 줄 몰라 그냥 멍하니 서 있었다. 카라 엄마가 벽에서 소파를 당기자 나디마가 다시 비명을 질렀다.

"그냥 두세요."

무릎을 꿇고 소파 뒤편에 있는 나디마 옆으로 기어 들어가며 내가 말했다. 나디마는 손으로 머리를 감싸고 웅크린 채 벌벌 떨며 울었다.

"나야, 재즈."

나는 나디마의 어깨를 감쌌다. 하지만 나디마는 온몸을 부르르 떨며 울기만 할 뿐이었다.

"괜찮아. 안전해. 괜찮아."

나는 그저 나디마를 끌어안고 나디마가 알아듣도록 단순하게 같은 말을 반복했다.

나디마가 나를 와락 잡더니 말했다.

"안 괜찮아. 폭탄과 총알이야. 안 괜찮아."

나는 침착하게 또박또박 얘기했다.

"폭탄도 총알도 아니야. 불꽃놀이야. 그냥 불꽃놀이. 여긴 폭탄도 총알도 없어. 넌 안전해."

나디마가 나를 꼭 붙들었다. 마침내 불꽃놀이가 멈추자 나디마도 진정됐다. 나는 나디마가 소파 뒤에서 빠져나오도록 도왔다.

"괜찮니?"

걱정 가득한 얼굴로 카라 엄마가 묻자 나디마는 고개를 끄덕였다.

"왜 불꽃놀이를 폭탄과 총알이라고 생각했을까?"

카라의 양아버지가 충격 받은 목소리로 내게 물었다.

"나디마는 시리아에서 여기 온 지 얼마 안 돼요."

카라 엄마가 놀라서 손으로 입을 막았다.

"카라! 왜 말을 안 했어? 그런 줄 알았으면 불꽃놀이를 안 했을 거 아냐."

"불꽃놀이 하는 줄 몰랐다고!"

카라가 당장이라도 눈물을 쏟을 것 같은 얼굴로 말했다.

카라 엄마가 나를 보고 말했다.

"나디마가 집에 가고 싶지 않을까?"

나는 어떻게 하겠냐는 얼굴로 나디마를 보았다. 나디마는 고개를 가로저었다.

"아니. 집에 안 가. 늦었어. 엄마 아빠 놀라."

그러더니 나디마는 사정하듯 나를 보며 말했다.

"너희 집……. 제발."

"물론 되지."

릴리와 카라가 우리 짐을 챙기는 동안 나는 엄마에게 전화를 걸어 데리러 와 달라고 했다.

집에 도착하니 매트 오빠가 나디마를 위해 에어 매트리스에 공기를 넣어 내 방 바닥에 깔아 놓았다. 나디마에겐 파자마 파티에서 쓰려고 가져온 이불과 베개가 있었지만, 나는 나디마에게 내 침대를 내주고 난 바닥에 누웠다.

"불 좀 켜 줄래?"

나디마가 말했다.

나는 침대 머리맡 전등을 켰다.

나디마는 이불을 둘둘 몸에 감고 벽에 기대앉아 왜 그렇게 불꽃놀이에 겁을 먹었는지 설명하려고 했다.

"폭탄이랑 총 같아. 번쩍 펑, 번쩍 탕탕탕!"

고향 시리아가 어땠는지, 전쟁터에서 살아가는 일이 어땠는지 내게 들려주기 시작했다. 우리가 안전한 거실에서 밤마다 뉴스로 보는 그곳, 수백 킬로미터 멀리 떨어져 있기에 실제로는 별 신경 안 쓰이는 그곳, 수없이 많은 엄마, 아빠, 형제자매, 이모, 삼촌, 사촌, 어린아이 그리고 아기가 목숨을 잃은 그곳, 시리아 말이다.

"매일 낮 매일 밤. 펑, 번쩍, 펑. 소리 지르고 울고. 펑 그다음엔 건물 무너졌어. 사람들 죽어. 펑 번쩍 탕탕탕. 사람들 죽어. 아무도 안전하지 않아. 건물 폭격당해. 유리 깨지고, 얼굴 베이고, 손 베이고, 다리 잘려 못 걸어. 사람들 죽어."

날이면 날마다, 밤이면 밤마다 폭탄이 터지고 총알이 오가는 것이 얼마나 무시무시한 일인지 조금이나마 알 것 같았다. 그리고 이웃과 가족이 살던 집 아래 깔리고, 선생님이 폭격에 날아가고,

친구가 총에 맞아 죽는 걸 보는 일도. 다음번엔 나 혹은 엄마, 아빠 아니면 라샤나 꼬맹이 사미가 그런 일을 당할지도 모른다는 생각으로 늘 공포에 질려 있는 일도.

"폭탄 터져. 우리 지하실에 숨어. 몸을 웅크려. 폭탄 멈추길 기다려. 아파트 사람들 다 지하실에 있어."

"우리 밖에 못 나가. 안전 안 해. 그런데 음식 없어. 물 없어. 아빠 나갔어. 우리 아빠 나가지 말라고 빌어. 아빠 못 돌아온다고 생각해."

"그러다 탕탕 총소리 나. 아빠 괜찮나? 우리 몰라. 기다려. 또 기다려. 우리 기도해."

"길에 총 든 남자들 있어. 총 쏘고 또 총 쏘고. 학교 폭탄 맞아. 가게 폭탄 맞아. 병원 폭탄 맞아. 안전한 곳 없어."

나디마는 무릎을 감싸 안았다. 눈물이 나디마의 얼굴을 타고 조용히 흘러내렸다.

나는 침대로 올라가 나디마를 안고 말했다.

"이제 안전해. 이제 모두 안전해."

나디마가 눈물을 왈칵 쏟아 내며 고개를 저었다.

"우리 안전해. 그런데 이시타는? 아기 아미라는? 자말은?"

난 무슨 말을 해야 할지 알 수 없었다. 나디마가 비로소 울음을 멈추고 잠이 들 때까지 그냥 곁에 앉아 있을 뿐이었다.

47. 쿠르드어로 영원한 단짝이 뭐게?

다음 날 아침 우리는 늦잠을 잤다. 엄마는 방으로 아침을 가져다 주었다. 오렌지주스와 초콜릿 잼을 바른 구운 빵이었다. 엄마는 나디마에게 좀 더 자도 된다고 말했다. 하지만 나디마는 괜찮다고 하며 부모님께 재즈네 집에 있다고 문자 메시지를 보냈다. 그러자 엄마가 나디마네 집에 들러 무슨 일이 있었는지 전해 주겠다고 했다.

"안 돼요!"

나디마는 부모님이 걱정하는 걸 원치 않았다.

하지만 엄마는 카라네 집이 아니라 우리 집에 있게 된 이유를 부모님이 알아야 한다며 미안하지만 얘기해야만 한다고 했다.

엄마가 방을 나가자 나디마가 말했다.

"너 좋은 친구야, 재즈."

나는 나디마 말대로 내가 좋은 친구이면 얼마나 좋을까, 하고 생각했다. 전교생 앞에서 나디마를 망신 주고, 나디마네 가족을 모욕한 적도 없는 그런 친구.

"자선기금 모금 대회 말이야……."

내가 조심스럽게 말문을 열자, 나디마가 내 말을 잘랐다.

"괜찮아, 재즈. 너 우리 가족 도우려고 한 거야. 나 알아."

그러더니 수줍게 덧붙였다.

"나 그거……?"

나디마는 손가락으로 자기 손목에 원을 그렸다.

"팔찌?"

내가 빙그레 웃었다.

"응, 팔찌."

나디마가 따라 했다.

나는 책가방에서 팔찌를 꺼내 나디마의 손목에 채워 줬다. 나도
내 팔찌를 다시 찼다.

나디마는 하트에 적힌 글자를 가리켰다.

"무슨 뜻?"

"영원한 단짝."

"영원한 단짝."

나디마가 똑같이 따라 했다.

그러더니 나디마는 전화기에 쿠르드어로 '영원한 단짝'을 치더니
내게 보여 줬다.

hevalê baş ê her dêmê

"나 이거 어떻게 읽는지 몰라."

나디마는 미소를 머금은 채 따라 하라며 소리 내어 읽었다. 내가 한마디 이상 못 따라 할 걸 뻔히 알면서.

그때 현관문을 두드리는 소리가 났다. 엄마가 문을 열고 "그럼, 올라가 보렴." 하고 말하는 소리가 들렸다.

"카라 왔다."

엄마가 소리쳤다.

난 깜짝 놀란 눈으로 나디마를 바라봤다. 카라는 우리 집에 한 번도 온 적이 없었다.

계단을 오르는 카라의 발소리가 들리더니 잠시 멈추었다. 어느 방이 내 방인지 몰라 그러는 듯했다. 나는 방문을 열고 말했다.

"안녕."

카라가 문 앞에 서서 겸연쩍게 말했다.

"나디마한테 사과하고 싶어서 왔어. 힘들게 해서 미안하다고."

그러더니 더욱 놀라운 말을 덧붙였다.

"그리고…… 너한테도 고마워. 그러니까, 나디마 챙겨 준 것 말이야."

카라와 나는 잠시 그대로 서서 서로를 바라보았다. 이윽고 카라가 종이 가방을 내밀었다.

"팝콘 좀 가져왔어."

"고마워."

나는 종이 가방을 받아 들며 카라가 들어올 수 있게 뒤로 물러섰다. 그리고 다시 침대로 가 나디마 옆에 앉았다. 카라가 방 한가운데서 조금 서성댔다.

"이리 와서 앉아."

내 말에 카라는 에어 매트리스 위에 책상다리를 하고 앉았다.

나는 팝콘 봉지를 찢어서 카라에게 내밀었다.

"고마워."

조그맣게 한 주먹 집어 들며 카라가 말했다.

모두 팝콘을 우물거리며 한동안 앉아 있었다. 그러다 카라가 침묵을 깨며 말했다.

"나디마, 나 너어어무 걱정했어. 불꽃놀이는 정말 미안해. 많이 무서웠지?"

드라마 더 찍으려고 여기 온 건가? 하지만 내 생각이 틀린 것 같았다. 카라가 나를 보며 이렇게 말했기 때문이다.

"우리 엄마가 너한테 엄청 감동 받았대. 재즈, 너 없었으면 어쩔 뻔했어."

나는 멋쩍은 듯 대답했다.

"그냥 나디마 옆에 있었던 게 다인데, 뭘."

"아무튼 고마워."

카라는 가려는 듯 슬슬 일어섰다.

"괜찮으면 좀 더 있다 가."

내가 권했다.

"실은 엄마가 차에서 기다리고 계셔."

"집에 갔다가 다시 오시면 안 돼?"

카라는 어찌할지 고민하는 듯하더니 이내 미소 띤 얼굴로 말했다.

"그래, 그렇게."

카라는 엄마에게 문자 메시지를 보내고 다시 앉았다. 나는 카라에게 팝콘을 조금 더 건넸다.

우리는 음악을 듣고 수다를 떨며 팝콘을 먹었다. 카라는 엄마를 도와 파티하고 난 후 어지른 것들을 청소해야 한다며 오래 머물진 않았다. 가기 전에 카라는 나디마와 나를 꼭 안아 주었다. 카라가 계단을 내려가는 동안 나디마와 나는 난간에 기대 서서 배웅했다.

"파티에 와 줘서 고마워."

카라가 큰 소리로 말했다.

"초대해 줘서 고마워."

내가 대꾸했다.

카라가 가고 나자 나디마는 나를 도와 침대를 정리했다.

"카라 착해, 재즈. 친하게 지내."

"카라는 나를 싫어해."

에어 매트리스의 바람을 빼며 내가 말했다.

"안 그래."

나디마가 고개를 저었다.

"게다가 카라는 나랑 릴리가 친하게 지내는 것도 싫어해."

"릴리가 자기보다 너 더 좋아한다고 생각하나 봐."

나는 나디마를 빤히 쳐다봤다. 그런 생각은 한 번도 안 해 봤다. 난 잠시 생각한 다음 말했다.

"카라가 잘못 생각한 거야. 릴리는 나보다 카라를 더 좋아해."

나디마가 까르르 웃음을 터뜨렸다.

"너는 릴리가 카라 더 좋아한다고 생각해. 카라는 릴리가 너 더 좋아한다고 생각해. 그런데 릴리 너희 둘 다 좋아해!"

그러더니 나디마는 한층 더 천천히 말했다. 신중하게 단어를 골라 문장을 만드는 듯했다.

"재즈, 내 생각엔…… 네가 카라 좋아하도록 노력해야 해. 네가 카라 좋아하면 카라도 너 좋아할 거야. 그러면 모두 친구 돼."

나디마 말에 일리가 있을지도 몰랐다.

48. 뜻밖의 영감

월요일이 되자 모든 것이 한결 나아졌다. 나랑 나디마가 화해한 덕분에 아이들은 다시 함께 무리 지어 어울렸다. 카라도 나에게 친절하려고 애썼다.

물론 나디마와 나에게는 아직 연극 스토리텔링이라는 끔찍한 골칫덩이가 남아 있긴 했다. 우리 말고 다른 애들은 모두 예행연습을 하거나 마무리 작업을 하고 있었다. 발표는 다음 주 월요일로 다가왔다. 하지만 나디마와 나는 여전히 왕실 보석 절도 사건 이야기를 짜내느라 골머리를 앓고 있었다.

나는 자포자기하는 심정으로 주변을 두리번거렸다. 릴리와 카라는 벌써 '최종' 예행연습을 뚝딱 해치웠다. 나와 눈이 마주치자 릴리가 다가왔다.

"어떻게 돼 가?"

"으, 묻지도 마."

나는 한숨을 내쉬었다.

"안 좋아."

눈살을 찌푸리며 나디마가 말했다.

릴리가 웃으며 말했다.

"걱정하지 마. 그냥 연극 과제일 뿐이잖아."

"그래, 망친다고 세상 끝나는 것도 아닌데."

카라가 말했다.

우릴 고소해하는 건가 싶은 생각이 들었다. 하지만 그때 놀랍게도 카라가 도와주겠다고 했다.

"뭐에 관한 얘기지?"

별안간 사무적인 표정으로 카라가 물었다.

"왕실 보석 절도 사건."

정말 형편없는 생각이라고 여기는 게 한눈에 보였다.

"그렇구나. 어…… 음……."

카라는 점잖게 말했다.

"별로지?"

"아니, 뭐…… 어쩌면…… 재미있을 것도 같은데?"

카라가 조심스레 말했다.

"사실 연극 선생님이 제안했어."

내 말에 카라가 표정을 바꾸더니 말했다.

"그래, 완전 형편없어!"

카라와 나는 웃음을 터뜨렸다.

"좋아, 좋아, 좋았어! 왕실 보석 절도 사건이라니! 멋진 생각이야, 애들아. 멋져, 아주 멋져!"

카라가 혼신의 연기를 쏟아 내며 연극 선생님을 완벽하게 재현했다.

난 피식 웃음이 새어 나왔다. 그리고 어제 카라가 돌아간 다음 나디마가 한 말을 떠올렸다. 내가 카라를 좋아하면 카라도 나를 좋아할 거란 말. 그러고 보니 우리 집에 온 것도 카라로서는 제법 힘든 일이었을 것 같았다.

그래서 내가 말했다.

"어⋯⋯, 카라, 어제 우리 집에 와 줘서 고맙다고 하려던 참이었어."

릴리가 나를 향해 함박웃음을 지었다.

카라는 어깨를 살짝 으쓱하더니 말했다.

"별일도 아닌데, 뭘."

"언제라도 환영이니 또 놀러 와."

난 릴리가 너무 웃어서 저러다 진짜 입이 찢어지는 게 아닐까 싶었다.

그러더니 릴리는 우리에게 자기네와 함께 발표하자고 했다.

릴리는 카라가 알았다고 하길 간절히 바라는 표정으로 쳐다보았다.

"알았어."

릴리 때문에 허락한다는 걸 알 수 있었다.

카라는 연극 선생님께 허락을 받으러 갔다. 연극 선생님은 카라에게 안 된다고 하는 법이 없으니 당연히 승낙하겠지? 그러나 예상이 빗나갔다.

연극 선생님은 카프탄드레스를 펄럭이며 우리에게 다가왔다. 카라가 뾰로통한 얼굴로 뒤를 따랐다.

"얘들아, 얘들아! 너희가 다 같이 하고 싶어 하는 건 너무 사랑스러운 생각이야. 정말 환상적이고 기막힌 작품을 만들어 낼 게 분명해. 너희의 열정과 창의성에 찬물을 끼얹긴 싫지만 이번에는 재즈랑 나디마가 자신만의 이야기를 만들었으면 좋겠구나."

선생님은 미안한 표정을 짓고는 카라와 릴리를 데리고 갔다.

나디마는 몹시 실망한 눈치였다. 그런데 나는 오히려 정반대였다. 믿기 어렵겠지만, 연극 선생님이 내게 진짜 탁월한 영감을 주었기 때문이다.

"나디마, 우리 왕실 보석 절도 사건 이야기 하지 말자."

"그래. 정말 형편없는 생각이야."

나디마가 맞장구쳤다.

"대신 우리 네 이야기를 하자."

"내 이야기?"

나디마가 인상을 썼다.

"네가 하기 싫으면 안 해도 돼. 내 말은, 너 같은 여자애 이야기, 말하자면 시리아에서 사는 게 어떤지 그런 얘기를 하면 좋겠다고. 그 아이가 어떻게 자기 나라를 떠나서 여기에 왔는지 좀 덧붙여도 되고. 그러니까 네 이야기가 아니라 시리아에 사는 어떤 아이 이야기지."

"내 이야기가 아니라 어떤 아이 이야기?"

"응."

나디마는 얼마간 생각에 잠겼다. 이런 제안을 했다고 나디마가 화낼까 봐 불안했다. 하지만 이내 나디마의 얼굴과 눈동자 깊숙이 사랑스러운 미소가 스르르 피어올랐다.

"어떤 아이 이야기 아니야. 내 이야기지. 우리 그거 하자."

49. 나디마 이야기

　다음 주 월요일 아침, 아이들은 좀비처럼 연극 연습실로 어기적 어기적 걸어갔다. 나디마와 나만 (아, 물론 카라도) 연습실로 가는 것이 즐거워 보였다. 연극 선생님은 바닥 한가운데에 큼지막한 종이 상자를 내려놓으며 말했다.

　"상자 이용하는 것 잊지 마세요. 상자가 주제랍니다."

　그런 다음 선생님은 누가 먼저 하겠냐고 물었다. 이때 모두 깜짝 놀라 뒤로 넘어가는 일이 벌어졌다. 내가 손을 든 것이다.

　아이들은 무엇이 펼쳐질지 전혀 알지 못했다.

　나디마가 바닥에 몸을 웅크리고 내 발치에 누워 잠든 척했다. 난 주말에 찍은 나디마네 가족사진을 든 채 아이들을 향해 섰다.

　"옛날 시리아에 한 가족이 살았습니다. 엄마, 아빠, 나디마, 라샤 그리고 꼬맹이 사미입니다. 어느 날 밤, 모두 곤히 잠든 사이 갑자기……."

나는 사진을 툭 떨어뜨리며 뛰어올랐다가 있는 힘껏 큰 소리를 내며 나디마 옆에 쿵 떨어졌다.

"쾅쾅!"

나디마가 일어나 앉으며 비명을 질렀다.

우리 반 아이들 반쯤이 화들짝 놀라 움찔했고, 많은 아이들이 웃기 시작했다. 나는 신경 쓰지 않고 계속했다. 나디마 주변을 맴돌며 펄쩍 뛰어올랐다가 최대한 커다란 소리로 착지하며 소리쳤다.

"쾅! 콰광! 쾅! 콰광!"

나디마는 팔로 머리를 감싸고 몸을 동그랗게 말았다.

"폭탄이 여기저기 떨어졌어요. 우르릉 쾅! 폭탄 하나가 옆 아파트에 떨어졌어요. 우르릉 쾅쾅!"

그러고는 잠시 뜸을 들였다가 말했다.

"나디마네 이웃 사람들이 모두 죽었어요."

순간 아이들의 웃음이 멈추었다.

나디마가 일어나 학교 사진을 들었다.

"어디에도 안전한 곳은 없었어요. 쾅쾅!"

내가 계속 말했다.

나디마는 사진을 반으로 찢어 바닥에 떨어뜨렸다. 그러고는 병원 사진을 들었다.

"우르릉 쾅!"

내가 소리쳤다.

나디마가 병원 사진도 찢었다. 사진을 떨어뜨리며 나디마가 말했다.

"많은 사람 죽었어요."

그런 다음 나는 총을 들고 뛰어다니며 쏘는 시늉을 했다.

"철컥철컥. 피융! 피융!"

"바깥은 안전 안 해요. 군인들이 총 쏴요."

나디마가 말하며 바닥에 쪼그리고 앉아 손으로 머리를 감쌌다.

"나디마와 가족은 지하실에 숨었어요. 하지만 곧 음식과 물이 떨어졌어요. 그래서 나디마 아빠는 밖으로 나가야만 했어요."

그때 나디마가 벌떡 일어서더니 고개를 빳빳이 들고 자랑스럽게 말했다.

"우리 아빠 아주 용감해요. 돌아올 수도 있지만 죽을 수도 있어요. 폭탄 소리 들려요. 총소리 들려요. 우리 기다려요. 우리 기도해요."

어느덧 아이들은 눈을 동그랗게 뜨고 앉아 쥐 죽은 듯 숨을 죽였다. 나는 얼마간 조용히 있다가 말을 이었다.

"시간이 흐른 뒤 나디마 아빠가 돌아왔어요. 하지만 삼촌과 작은엄마와 사촌들 몇 명이 죽었다고 했어요."

카라를 비롯한 많은 여자애들이 손으로 입을 가렸다.

"나디마 아빠는 모두 죽기 전에 떠나야 한다고 말했어요."

나디마는 상자 옆에 무릎을 꿇고 앉아 집에서 가져온 물건을 담기 시작했다. 라샤의 자그마한 원피스, 사미의 토끼 무늬 잠옷과 복슬복슬한 파란색 작은 곰 인형 같은 것들이었다.

"우리 많이 못 가져가요."

나디마가 말하고는 커다란 시리아 지도를 들어 올렸다. 나디마네 가족이 지나온 길이 빨간색으로 표시돼 있었다.

"나흘 걸었어요. 엄마 라샤 안고, 아빠 가방 들고, 나 사미 안았어요. 우리 난민 수용소 갔어요. 그런데 가득 찼어요."

나는 텐트 수백 채가 들어선 난민 수용소 사진을 들었다.

"그때 어떤 남자가 나디마 아빠에게 유럽으로 가는 배에 태워 주겠다고 했어요. 나디마 아빠는 가진 돈을 모두 주고 가족과 함께 사람들이 꽉 들어찬 작은 배에 올라야만 했어요."

사진을 몇 장 더 들어 올리며 내가 말했다. 난민들이 빼곡히 탄 배가 바다 위에 떠 있는 사진이었다.

나디마는 상자 안으로 들어가 팔로 자신을 감싸며 잔뜩 겁먹은 얼굴로 앉았다.

"사람 너무 많아요. 배 가라앉을까 봐 무서워요. 우리 가족 서로 꼭 붙잡아요."

"바다가 거칠어지고 파도가 점점 높아져서 바닷물이 배 안으로 들어왔어요. 모두 맨손으로 물을 퍼내고 또 퍼내야만 했어요. 안 그러면 배가 가라앉으니까요. 아무도 구명조끼는 입지 못했어요. 어린 라샤도, 아기 사미도요.”

내가 말했다.

나디마는 정신없이 손으로 물을 퍼내는 시늉을 했다.

“음식 없어요. 물 없어요. 배 계속 흔들려요. 사람들 토해요.”

나는 상자 안으로 들어가 나디마를 꼭 끌어안았다.

“바다 한가운데 있었어요. 주변에 도와줄 배는 없고 육지도 보이지 않았어요. 나디마네 가족은 길을 잃었어요. 곧 날이 어두워졌어요. 모두 정말, 정말 무서웠어요.”

곧이어 나디마가 상자 밖으로 나왔다.

“아침에 배가 땅에 도착해요. 어디지? 아무도 몰라요.”

“우리 길을 걸어요. 걷고 걷고 또 걸어요. 그리고 표지판 보여요!”

나는 우리가 만든 ‘양보’ 표지판 포스터를 들었다.

“영어예요! 우리 영국에 왔어요! 너무 기뻐서 모두 울어요!”

나는 포스터를 돌돌 말아 들고 말했다.

“그때 경찰이 오더니 모두 쉼터로 데려갔어요. 나디마네 부모님은 시리아로 돌려보낼까 봐 잔뜩 겁을 먹었어요. 하지만 얼마 뒤 경찰은 있어도 좋다고 했어요.”

나디마는 내가 찍은 가족사진을 들었다. 나디마네 가족은 새집 앞에 서 있었다. 나디마는 숨을 깊이 들이쉬고 말했다.

"이것은 나의 가족입니다. 이것은 우리 집입니다. 우리는 모두 영어를 배우고 있습니다. 우리는 안전하고 여기에 있어서 매우 행복합니다. 감사합니다."

나디마와 내가 연극을 끝마치자 완벽한 정적이 흘렀다. 반 아이들은 멀뚱히 우리를 쳐다보기만 했다. 아무도 박수를 안 쳤다. 다들 넋이 나간 것 같았다.

놀랍게도 연극 선생님은 울고 있었다. 연신 코를 훌쩍이고 눈을 깜빡이며 애써 감추려 했지만 소용없었다.

마침내 선생님은 카프탄드레스 소맷자락으로 눈물을 훔치더니 나디마에게 천천히 이야기했다.

"나디마, 우리는 모두 네가 여기에 무사히 와서 정말 기쁘단다. 네 이야기 들려줘서 고맙구나. 둘 다 잘했어!"

선생님이 박수를 치자 우리 반 아이들도 다 같이 박수를 쳤다. 나디마와 내가 손바닥을 마주치고 자리에 앉을 때까지 박수는 계속됐다. 그때 카라가 "와ー!" 하고 환호성을 질렀다. 그러자 나머지 아이들도 이때다 싶어 마구 소리를 질렀다. 선생님은 조용히 시키려 하지 않았다.

50. 공감

쉬는 시간이 되자 아이들이 나와 나디마 주변에 몰려들었다. 푹
푹 찌는 더운 날씨여서 우리는 모두 운동장 나무 그늘에 앉았다.

"끔찍한 여정이었겠다."

릴리가 나디마에게 말했다.

"응. 끔찍했어."

나디마가 고개를 끄덕이며 말했다.

"너 진짜 용감하다. 나라면 못 했을 거야."

엘리가 말했다.

나디마는 어깨를 으쓱했다.

"다른 선택 없으니까."

그러고는 곰곰 생각에 잠긴 듯 덧붙였다.

"라샤랑 사미 용감해. 아주 어리지만."

"사미는 두 살밖에 안 됐어."

내가 애들에게 말했다. 문득 배에 타고 있는 사미의 모습이 떠올랐다. 공포에 질려 겁먹은 눈을 동그랗게 뜬 조그만 남자아이.

"죽을지도 모른다는 생각 했었어?"

카라가 물었다.

"응."

나디마는 짧게 대답했다.

"무사히 이곳에 와서 다행이야!"

내가 나디마의 어깨를 감싸며 말했다.

"네 이야기를 한 건 좋은 생각이었어, 나디마."

릴리가 말했다.

"재즈 생각이야."

나디마가 대꾸했다.

"환상적이었어, 재즈! 진짜 똑똑하고…… 그리고……"

카라는 적당한 단어를 못 찾겠다는 듯 말을 흐렸다.

나는 어깨를 으쓱하며 말했다.

"난 그냥 모두에게 알릴 필요가 있다고 생각했어."

"그래, 내가 바로 그 말을 하려 했어. 그리고 전달 방식도 정말 좋았어. 특히 사진 찢는 거 말이야. 아주 극적이었어."

카라가 말했다.

"연극 선생님 봤어? 훌쩍훌쩍 우시더라니까."

클로이가 말했다.

"나야말로 눈물 날 뻔했어!"

카라가 생각만 해도 눈물이 차오른다는 듯 과장되게 눈앞에 손부채를 부쳤다.

우리는 다 같이 나디마를 폭 감싸 안았다. 나디마야말로 눈물을 터뜨릴 것만 같았다.

51. 영원한 단짝

그날 저녁 나디마가 내게 문자 메시지를 보냈다.

🍴 금요일 6:30

이드 명절이야. 올 수 있어?

나는 답장을 보냈다.

✉️ 당연히 가야지!

금요일, 나는 학교를 마친 뒤 나디마네 집으로 갔다. 나디마네 가족은 나를 데리고 쿠르드 식당에 갔다.

쿠르드 식당에는 처음 와 봤는데, 정말 대단했다. 나디마 말로는 시리아에 있는 식당들과 똑같다고 했다. 모든 것이 쿠르드식이었다. 음악, 음식, 메뉴까지도.

식당에는 의자가 없었다. 우리는 모두 커다랗고 낮은 탁자 주변에 알록달록한 방석을 깔고 앉았다. 천장에 걸린 큼직한 전등에서 색색의 빛이 쏟아져 내려 모든 것이 마법처럼 보였다. 놋쇠 촛대들은 방 안 여기저기에 깜빡깜빡 문양을 드리웠으며, 음식 냄새가 향기롭게 입맛을 확 당겼다.

사미는 나디마 무릎에 앉았고, 다들 메뉴를 들여다보며 뭘 주문할지 결정했다. 나디마네 가족은 쿠르드어로 이야기를 나누었는데, 사미가 뭔가 웃긴 얘기를 했는지 다들 웃음을 터뜨렸다. 나디마 아빠는 사미의 머리를 헝클어뜨렸다. 나디마 엄마가 사랑 가득한 눈길로 두 사람을 바라보는 모습에 나는 목이 꽉 메었다.

나디마네 가족이 함께 모여 명절을 기념하고 행복해하는 모습을 보면 이 사람들이 무슨 일을 겪었는지 상상도 못 할 거다. 아는 사람 하나 없고 심지어 말도 안 통하는 나라에서 새로운 삶을 처음부터 다시 시작해야 하는 것은 또 어떻고. 난 나디마네 가족이 얼마나 강한지 새삼 깨달았다. 이런 생각이 들자 나디마가 자랑스러웠고, 내가 나디마의 친구라는 것 또한 자랑스러웠다.

나디마가 내게 메뉴판을 보여 주고는 요리 몇 개를 가리키며 말했다.

"우리 이거, 이거, 이거 시켰어. 우리 모두 나눠 먹어. 너도 골라. 뭐 좋아?"

나는 메뉴판을 도무지 읽을 수가 없었다. 쿠르드어여서가 아니라 (영어도 약간 쓰여 있었다.) 잔뜩 멋을 낸 꼬부랑 글씨체였던 탓이다. 난독증 환자들은 대부분 꼬불꼬불한 글을 못 읽는다. 그런 글씨체는 날 미치게 만든다. 어쨌든 나디마네 가족 앞에서 글을 못 읽는다고 인정할 순 없는 노릇이었다. 그래서 잠시 보는 척하다가 아무거나 골랐다.

나디마가 아리송한 눈빛을 보냈다.

"양고기 안 시켜? 너 양고기 좋아하잖아."

"어…… 다른 것 먹어 보려고."

난 나디마가 더 이상 묻지 않기를 바랐다.

나디마는 메뉴판을 들여다보며 미간을 찌푸렸다.

"이상한 글씨야. 읽기 너무 어려워. 우리 같이 고르자!"

난 나디마를 보며 함박웃음을 지었다.

주문을 마치자 나디마 엄마가 가방을 뒤적이더니 나디마에게 선물을 건넸다. 나디마는 선물을 내게 주며 말했다.

"이드 선물이야."

난 이드 때 선물하는 건지도 몰라서 나디마네 식구들 선물을 하나도 준비하지 않아 부끄러웠다. 나디마네 가족은 기대에 찬 눈으로 나를 바라보며 미소 지었다. 나는 포장을 뜯고 선물을 꺼냈다. 팔찌였다.

"나디마 언니가 만들었어."

라샤가 수줍게 말했다.

"마음에 들어?"

나디마가 물었다.

"응, 엄청 맘에 들어. 고마워."

나는 나디마가 채워 줄 수 있게 팔을 내밀었다.

파란 실과 은색 실을 꼬아서 만든 팔찌에 (내가 좋아하는 색이다.)
글자 구슬이 달려 있었다. 까만 글자를 새긴 하얀색 네모 구슬이
었다. 대문자로 쓴 첫 번째 글자만 빼고 나머지는 작은 글씨였다.
내가 잘 알아볼 수 있게 특별히 고른 것이 분명했다. 구슬에는 이
렇게 적혀 있었다.

Nadima (나디마)

"쿠르드식 우정 팔찌야. '친구'라고 쓴 거야."

나디마가 말했다.

"나디마는 네 이름이잖아."

내가 나디마를 슬쩍 밀며 말했다.

"아, '나디마'란 이름 '친구'란 뜻이야."

나디마는 온 얼굴이 환하게 빛나는 바로 그 웃음을 지어 보였다.

"아니야, '나디마'는 나한테 '단짝'이란 뜻이야. 영원한 단짝!"
팔을 뻗어 나디마를 꼭 안으며 내가 말했다.

난 나디마를 처음 만난 날을 결코 못 잊을 거다.
초콜릿과 로쿰을 바꿔 먹던 그 순간, 난 알았다. 우리가 단짝이
되리라는 걸. 그리고 영원히 그러리란 걸. 어떻게 알았는지는 묻지
마시길. 그냥 알았으니까.

우정을
이어 주는
레시피

재즈와 나디마의 **초콜릿 로쿰**

안녕! 초콜릿 로쿰 요리법을 소개할게요.

재료
- 로쿰 한 상자
- 커다란 밀크 초콜릿 하나

필요한 물건
- 전자레인지용 그릇
- 전자레인지
- 커다란 숟가락 혹은 주걱
- 포크
- 큰 접시

만드는 법

① 로쿰 상자를 열고 몇 개 먹어 보세요. 맛이 괜찮은지 확인해야죠.

② 밀크 초콜릿을 잘라 전자레인지용 그릇에 담아요.

③ 전자레인지를 '강'에 놓고 초콜릿을 녹여요. 한 번에 30초씩 돌리며 잘 저어 줍니다. 초콜릿이 다 녹을 때까지 반복해요. 너무 오래 돌리면 모래처럼 변해요.

④ 로쿰 조각을 포크에 꽂은 다음 녹인 초콜릿에 담가요. 초콜릿이 잘 달라붙도록 먼저 설탕 가루를 뿌려 놓아도 좋아요. 그런 다음 커다란 접시에 놓아 식힙니다.

깨알 팁! 냉장고에 넣으면 빨리 식어요. 하지만 상온에서 식히는 게 더 맛있답니다.

나디마 엄마표 환상의 파투쉬

자, 나디마와 재즈가 제일 좋아하는 샐러드 요리법이 나갑니다!
두 명이 곁들임 음식으로 먹기 충분한 분량이에요.

드레싱 재료

- 올리브유 머그잔으로 약 1/3컵
- 레몬 한 개 분량 레몬즙과 강판에 간 레몬 껍질 (그냥 시판 레몬즙을 써도 괜찮아요.)
- 다진 마늘 1/2작은술
- 슈맥 2큰술 (신맛이 나는 향신료로 마트에서 팔아요. 없으면 안 넣어도 돼요. 2큰술을 한꺼번에 다 넣지 말고 조금씩 넣어 가며 맛을 보세요.).
- 소금
- 후추

필요한 물건

- 머그잔
- 칼, 강판, 레몬즙 짜개 (레몬을 통째로 쓸 경우)
- 계량스푼
- 둥그런 그릇
- 거품기

모든 재료를 그릇에 쏟아 넣고 마구 저으면 드레싱 완성!

샐러드 재료는 취향에 따라 무엇이든 좋아요.

하지만 나디마랑 제가 먹는 걸 알려 드릴게요.

샐러드 재료

- 오이 1/2개 (껍질을 벗겨 조각조각 썰어 놓으세요.)
- 방울토마토 10개 (반으로 잘라요.)
- 적당한 크기로 자른 노란 파프리카 1/2개 (빨간색이나 주황색도 좋아요.)
- 잘게 썬 쪽파 3줄 (빨간 양파 반 개도 괜찮아요.)
- 아삭아삭한 커다란 양상추 1/4통 (잘게 썰어요.)
- 얇게 썬 순무 4개 (안 좋아하면 빼도 괜찮아요.)
- 피타빵 하나 (작은 조각으로 찢어서 준비하세요.)
- 파슬리, 민트 같은 신선한 허브를 다져서 약간 첨가해도 좋아요.

필요한 물건

- 껍질 벗기는 칼, 식칼
- 도마
- 커다란 그릇

샐러드 재료를 모두 썰어서 커다란 그릇에 함께 넣고 섞어요.

그런 다음 넣고 싶은 만큼 드레싱을 부어요.

나디마 엄마 말로는 남은 드레싱은

플라스틱 통에 담아 냉장고에 넣으면 일주일 정도 보관이 가능하대요.

끝내주는 재즈표 참치 파스타

4인 가족이 먹기 충분한 분량이에요. 항상 배고파하는 삼 형제 오빠들을 먹이려면 훨씬 많이 만들어야 하지만요.

재료

- 마른 파스타면 500g
- 냉동 완두콩 한 줌
  (통조림 옥수수도 괜찮아요.)
- 체더치즈 250g
- 참치 통조림 2개
- 300㎖짜리 휘핑크림 한 통
- 소금
- 후추

필요한 물건

- 냄비
- 전자레인지용 그릇
- 전자레인지
- 강판
- 체
- 접시
- 통조림 따개
- 큼지막한 오븐용 그릇
- 커다란 숟가락
- 오븐

만드는 법

① 오븐을 켜고 180℃에 맞추세요.

② 냄비의 물이 끓으면 파스타 면을 삶아요. 파스타 봉지에 쓰여 있는 것보다 2분 정도 덜 삶으세요.

파스타를 삶는 동안
a. 완두콩 또는 옥수수를 전자레인지에 3분간 익혀요.
b. 치즈를 강판에 갈아요.
c. 참치 통조림의 기름을 뺀 다음 커다란 오븐용 그릇에 담아요.

③ 면이 다 익었으면 체에 밭쳐 물기를 빼고 참치와 함께 그릇에 담으세요. 콩이나 옥수수도 넣은 다음 크림을 위에 붓고 갈아 놓은 치즈의 반을 넣어요. 소금하고 후추를 적당히 뿌리고 잘 섞으세요. 그런 다음 나머지 치즈를 맨 위에 솔솔 뿌려요.

④ 그릇을 오븐에 넣고 표면이 갈색이 될 때까지 15분에서 20분 정도 구우세요.

⑤ 그릇을 오븐에 넣거나 꺼낼 땐 항상 조심하세요.

Do You Speak Chocolate?